D1755754

JOY MARKERT

Das kalte Herz – Die schöne Lau

Joy Markert schrieb Drehbücher für Kinofilme und Fernsehspiele, Theaterstücke, Prosa und bislang über siebzig Hörspiele, zuletzt Die Hechinger Madonna, 2008, sowie zahlreiche Radioerzählungen und Essays, Features und Geschichten für Kinder.
1989 erschien Malta – Reisen eines Ahnungslosen in die Steinzeit, 1994 Nachtcafé Schroffenstein, gemeinsam mit Sibylle Nägele.
Der Metropol Verlag publizierte von Sibylle Nägele und Joy Markert 2006 Die Potsdamer Straße. Geschichten, Mythen und Metamorphosen.

Joy Markert

Das kalte Herz – Die schöne Lau

Erzählung

Umschlaggestaltung: Anna von Garnier
nach einem Motiv aus dem Tempel in Buġibba, Malta,
ca. 4000 v. Chr.

ISBN: 978-3-940938-13-8
© 2008 Joy Markert und Metropol Verlag
Ansbacher Straße 70 · D–10777 Berlin
www.metropol-verlag.de
Alle Rechte vorbehalten
Druck: buch bücher dd ag Birkach

Inhalt

WG im Grünen 9

    Olga 9
    Gecko 17
    Olga 19
    Gecko 22
    Olga 26
    Gecko 30
    Olga 37

Die Schwester 43

    Rose 43
    Gecko 47
    Olga 54
    Rose 63
    Gecko 66
    Rose 81
    Olga 82

Besuch der dunklen Welten 90

    Rose 90

Rekonvaleszenz 113

    Gecko 113
    Olga 122
    Rose 128

Akkordeon im Schnee	135
Gecko	135
Olga	152
Gecko	170
Rose	172
Gecko	181
Rose	192
Gecko	194

für Sibylle Nägele

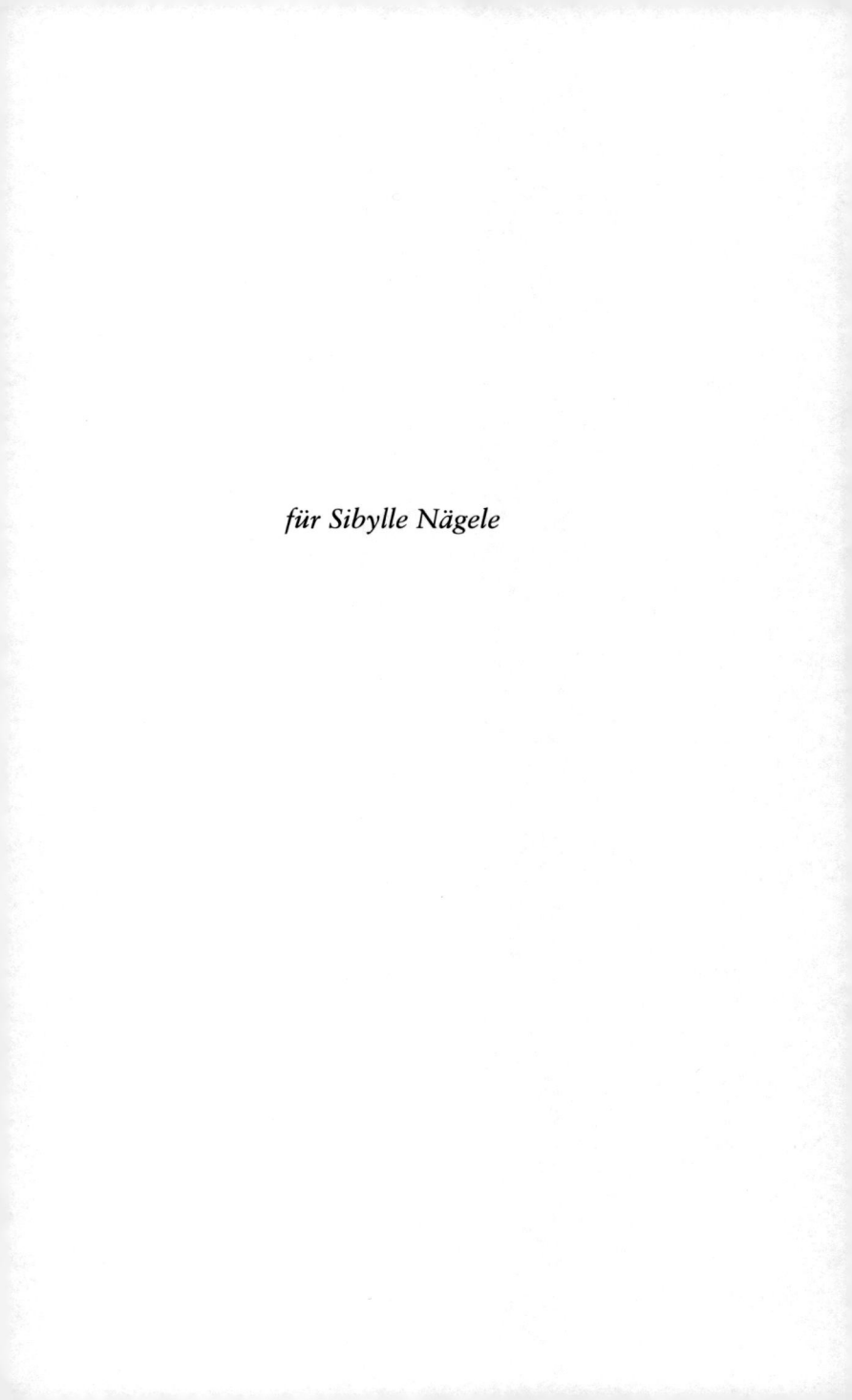

Motto:
»Er lachte. Vielleicht lachte auch nur sein Husten.«

Friedrich Ani

WG im Grünen

Olga

»Der erste Schritt aus Berlin
ist der erste Schritt zum Glück.«
Felix Mendelssohn Bartholdy

»Los geht's!« schrie Dora und schlug dem Nächstbesten auf die Hinterbacken.
Schimmel rückte die Spezialbrille zurecht.
Gecko streckte die Finger, als rechnete er. Das Erstaunliche sei der Zufall, daß es überhaupt stattfinde. Der Mond sei vierhundert mal kleiner als die Sonne, die vierhundert mal weiter weg sei.
Jírina sagte: »Er knabbert, der Mond.«
Viel zu viele Wolken.
Ich sah, wie neblige Schlieren über das Gras liefen. Mit einemmal froren wir auf der Wiese. Der Mond hing an der Sonne. Er fraß, und es wurde dunkel.
Jírina leckte sich eine Träne von der Wange. Sie sagte: »Die Nacht beginnt salzig.«
Für Sekunden rissen Wolken auf. Wir sahen die Korona, das Monster am Himmel.

In der Nacht kam Gecko in mein Zimmer.
»Ja?«
Er kam gurrend näher. »Ich kann nicht schlafen. Kommst du nicht?«
»Ich hab' Tagebücher rausgekramt.«
»Hoffentlich deine eigenen.«

Ein Indianermärchen von Mond und Sonne. Einer liebt die eigene Schwester. Er maskiert sich vor ihr. Ein Zeichen aus Asche macht sie auf seinen Rücken, das entlarvt ihn am Morgen. Sie flieht vor dem Bruder. Seitdem verfolgt er sie. Und jedesmal, wenn er sie erreicht, um sie zu lieben, wird der Tag zur Nacht.

Gecko, gurrend: »Brauchst du noch lange?«
»Ich such einen sicheren Platz.«
»Ich geh da nicht ran. Ich hab selber 'n Tagebuch.«

Kein Schreckensherrscher stieg vom Himmel. Der Mond verließ die Sonne wieder. Wir nahmen die schwarzen Brillen ab, um uns zu küssen, und dachten schon an den Zirkus, am Abend, im Haus der Kulturen der Welt. Unterwegs regnete es heftig. Es war mitten im August, 1999.

Gecko gurrte weiter. »Und von wann sind die alten Dinger?«
»Die sind vermutlich so alt wie deine. Sechziger, siebziger Jahre.«
»Sowas hab ich verbrannt.«
»Wird nicht viel gewesen sein.«
»Und was sind das für Liebesbriefe?«
»Jetzt wird er ganz neugierig, der Herr.«
»Also Liebesbriefe!«
»Die sind von Rose.«
Was ist die Steigerung von Neugier?
»Rose ist meine Schwester. Rose ist etwas Besonderes.«
Gecko, der verschiedene Arten von Neugier zeigen kann, bettelte um eine Kostprobe, aber ich wickelte eine neue Schnur um das Briefbündel und packte es in den Sekretär. »Jetzt geh doch, Gecko, ich will was aufschreiben.«
»Über Monsieur Thierrée, nehme ich an.«
»Weißt du, Gecko, den hab ich damals gekannt, den Thierrée, in Paris. Ich hatte natürlich keine Ahnung, daß er Zirkus macht,

hat er vielleicht auch gar nicht, erst später. Ich dachte, der sei Revoluzzer.«
»Und das hast du ins Tagebuch geschrieben.«
»Nein, ich hab geschrieben, daß er mich in die Arme nahm.«
»Und?«
»Neugier macht blind.«
»Jedenfalls hat er dich heute nicht wiedererkannt.«
Eitler Blick vor lauter Zufriedenheit. Gleich aber unsicher.
»Oder hab ich was verpaßt?«
»Komm her, Gecko. Ich glaube, wir müssen mal über uns reden.«
»Ich bin müde.«
Das Gurren war beendet. »Geht mich sowieso nichts an.«
Sagte der Fuchs zu den Trauben hoch oben.
Da tat er mir leid, und ich legte mir seinen Kopf auf die Brust.
»Lies mir was von heute vor«, bat er plötzlich.
»Du warst doch dabei.«
»Aber nicht in deinen Gedanken.«
»Wehe, du schläfst ein!« warnte ich ihn. »Oder du machst sonst irgendwas.«

Der Zirkus. Papptafeln an Holzmasten gepinnt. »Über unsere Tiere«. In jedem Zirkus sind Tiere. Hier aber andere. Hasen, Enten, Gänse, Tauben. »Unsere Tiere sind nicht dressiert«, steht da, »sie improvisieren ihre Rolle jeden Abend neu. Und vielleicht sind die Besucher Teil ihrer Show.«
»Le Cercle Invisible«. Die Halle im Haus der Kulturen ist bemalt: Kulissen früherer Veranstaltungen stehen ums wartende Publikum herum. Wie nicht abgeholt. Die Journalisten haben etwas angestimmt, das unsereins anlockt. Die Tochter des großen Charlie Chaplin verliebt sich in den romantischen Clown Jean-Baptiste. Sie sollte in Vaters Film »The Freak« spielen, sie sollte Schauspielerin werden wie ihre Schwestern Geraldine und Josephine.

Aber sie zog mit dem mittellosen Tramp Thierrée als Akrobatin durch die Welt. Charles Chaplin verzieh seiner Victoria nie, daß sie lebte, was er bloß darstellte. Und daß es 1969 geschah und daß ihr Jean-Baptiste Thierrée von der 68er-Bewegung beeinflußt gewesen sei, das beflügelt die Journalisten.

Wir hörten Dora im Treppenhaus: »Verflucht noch mal, wo kommt denn das Wasser her? Gecko!«
»Was ist denn?«
Eine Tür knallte.
In diesem Haus geht doch alle Nase lang was kaputt.
Schritte auf der Treppe.
Jírina kam aus ihrem Zimmer. »Was macht ihr denn für einen Höllenlärm!«
Der Keller stand unter Wasser. Dora watete im Wasser.
»Rohrbruch! Der dritte diese Woche!«
Die anderen kamen in den Keller.
Dora schrie Gecko an: »Du wolltest dich doch um die Leitungen kümmern.«
»Ich hab die ganzen *Steig*leitungen reparieren lassen.«
»Und jetzt haben wir Wasserschaden.«
»Das hat doch damit nichts zu tun.«
Gecko bekam rote Flecken am Hals. Immer kurz vor Wutanfällen wird er rot.
»Ich hab nicht für alles Zeit, kümmere du dich mal um was. Ich hab den ganzen oberen Stock auf top gebracht, aber das ist doch wie bei Sisyphos.«
Jírina, mit sanften Schritten heranwatend: »Ich hab alle Gummistiefel mit, die ich finden konnte.«
»Gummistiefel!« Natürlich Dora. »Aber Jírina! 'n Klempner hättest du mitbringen sollen, unsere Herren taugen ja zu nichts.«
Jírina blieb freundlich. »Dora, dein Bademantel ist naß bis sonstwohin.«

Stichwort für Gecko: »Und bei dir glaubt man, du hättest gar nichts an.«
Jírina schmetterte ihn mit Gesang ab. »Ich bin das Nachtgespenst ... Heißt das nicht so?«
Dora klopfte an Rohre. »Wo ist denn der Haupthahn?«
Und Schimmel rannte herum, als tauge er was. »Das nützt jetzt auch nichts.«
»Ich kann handwerklich nicht«, sagte Dora. »Ihr hättet von vornherein darauf achten müssen, daß noch einer einzieht, der handwerklich was auf dem Kasten hat.«
»Was guckst du mich an?« maulte Gecko. »Nicht jeder Mann ist 'n Heimwerker.«
Ich nahm Jírina endlich Gummistiefel ab und zwängte die Füße rein. »Das geht doch nicht, daß man bloß eine Handwerker-WG gründet, Dora. Egal, wie man sich versteht.«
»Ja so verstehen wir uns auch nicht, kann ich nur sagen.«
Gecko rief schließlich den Notdienst an.
Wir müssen hier raus. Oder einen Mitmieter finden, der Geld hat. Damit mal Grund ins Haus kommt.

Der Zirkus. Le Cercle Invisible markiert das Arenarund mit einem roten Kreis auf dem Bühnenboden. Es erscheint Jean-Baptiste mit strubbeliger grauer Mähne. Eine Perücke, die er abnimmt, darunter ist sein Haar genau so wie die Perücke. Ein burlesker Spieler, ein lächelnder Zauberer. Ein Mann, dem kinderleicht die Quadratur des Kreises gelingt. Mit einem Bilderrahmen aus Pappe. Ein Griff am Rechteck, und der Bilderrahmen ist kreisrund. Und umgekehrt. Er hängt sich dieses Wunder beiläufig um den Hals.

In der Küche. Gecko war brummig, aber überaus fürsorglich.
»Soll ich dir was zum Anziehen bringen?«
»Laß doch. So schnell verschimmle ich nicht.«

Dora machte Tee. Das tut immer gut. Ihr zumindest. Ich kann Tee nicht riechen.

Jírina war als einzige gutgelaunt. »Du hättest ruhig auch die Gummistiefel anziehen sollen, statt rumzuwaten wie'n Storch im Salat.«

»Die passen doch keinem. Die sind noch von den Vormietern.«

»Die lebten auf großem Fuß«, ergänzte Gecko.

Schimmel stützte beide Hände auf den Küchentisch. »Wir brauchen ein anderes Haus, und zwar billig und nicht gar so verlottert wie das hier.«

Dora stemmte stattdessen die Arme in die Hüften. Die beiden sahen aus, als begännen sie ein Bauerntheater. »Billig und nicht verlottert, das ist doch nirgends mehr zu kriegen, Schimmel.«

Da konnte ich's Maul nicht mehr halten. »Wenn ich dran denke, daß ich mal in Saint Germain gewohnt habe! In einer Absteige mit Huren und Zockern. Da war's eben verlottert, na und? Da hat man gar nicht drauf geachtet.«

Schimmel: »Da warst du ja auch bloß zur revolutionären Durchreise. Repariert haben die nach dir.«

»Abgerissen haben die. Und ich war schwanger! Ich hatte eine Fehlgeburt.«

Schimmel überging das lieber. »Da sieht man's wieder, Olga: Unsere Generation – die ist auf den Globalkapitalismus ganz einfach nicht vorbereitet.«

»Das war hoffentlich der letzte Spruch heute.«

Jean-Baptiste erscheint auf der Bühne, geht mit einer an Marionettenschnüren gehaltenen Kaffeekanne spazieren, hält inne und gießt sich aus der mitgebrachten Kanne Kaffee in die mitgebrachte Tasse, trinkt und setzt seinen Spaziergang fort. Eine kleine Geschichte, die eine überraschend naheliegende Fortsetzung hat: Eine Kaffeekanne geht mit einem an Marionettenschnüren gehaltenen Jean-Baptiste Thierrée spazieren. Wenn er aus einem Kasperltheater groß und freundlich als Sonne herausschaut, zieht er den Vorhang zu und erscheint beim Öffnen als winzig kleiner Pappkamerad noch einmal. Ein Spieler der Vergrößerung und der Verkleinerung.

Gecko: »Ist ja noch mal gutgegangen.«
»Abgesehen von der Rechnung. Und von der ganzen Sauerei. So geht's nicht weiter, Gecko. Weil wir alle nichts auf der hohen Kante haben.«
»Der ganze zusammengewürfelte Haufen nicht. Ich finde uns großartig. Wir müssen uns nur umsehen, weiter draußen ist es bezahlbar.«
»Du verdienst doch kaum noch was.«
Schon war er verärgert. »Soll ich auf meine alten Tage Pappkulissen für *Comedy* machen?«
»Ich hab mir deine Zettelwirtschaft angeschaut. Schreiben könntest du. Aber keine Unterhaltung. Ich hätte dich längst gefragt, aber du kannst es nicht, wirklich nicht.«
»Und wem täte ich das anbieten? Du glaubst doch nicht im Ernst, als Außenstehender kommt man in so'n Klüngel rein.«
»Konstanze ist gut im Geschäft, die könnte dir helfen.«
»Wer ist Konstanze?«
»Na Konstanze. Die aus Kiel.«
»Was heißt das: die aus Kiel? Das sagt mir gar nichts.«

Victoria spielt mit Verwandlungen in Gewändern. Sie windet und verrenkt sich in Stoffwesen. Aus einem Fischmaul steigen Roß und Reiter, die zur Schildkröte schrumpfen, um letztlich als Straußenvogel wegzustaksen. Natürlich zitiert sie ihren Vater. Mit den Gänsen und Enten. Und mit Stühlen, wie er sie in seinem Zirkusfilm trug. Auch sie trägt so viele Stühle auf sich herum, daß man nicht mehr zählen mag, aber ihre Stühle sind am Schluß zu einem Elefanten geraten, auf dem sie davonreitet.

Gecko entspannte sich wieder. »Du wirst es kaum glauben, kürzlich hab ich einen alten Freund in der Kneipe getroffen, mit dem hab ich einst in Stuttgart Kastanien auf Rommel geworfen, der Freund war dann in Westberlin jahrelang Funktionär der Sozialistischen Einheitspartei West, und was glaubst du, was der jetzt macht, neuerdings? Der hat mir gesagt, jetzt sei er im G'schäft! Export-Import mit Sankt Petersburg! Und wie ich ihn frage, wieso ein alterprobter Revoluzzer wie er so ebbes machen könne, erwidert er rotbäckig und zufrieden:

»I woiß, was Kapital bedeutet, i han mein' Marx studiert – jetzt wende ich ihn an.«

Gecko

Eines der schönsten Alpenglühen, das ich gesehen habe,
war auf die Wand eines Cafés in Port Said gemalt,
die Sehnsucht des Malers war echt gewesen,
so wurde auch die meine echt,
obgleich mir das wirkliche Alpenglühen gestohlen bleiben kann.
Wolfgang Hildesheimer, »Masante«

Bei der Wohnungssuche. Was ich nicht ausstehen kann, sind diese Rucksäcke, die bei den meisten Trägern so unpassend sind wie die Nasenringe, mit denen sie nur die Häßlichkeit ihres Zinkens betonen. Eine Frau holte mich an der Bushaltestelle ab, zur Besichtigung eines Hauses, das den Leuten zu eng geworden war. Sie sagte »Hallo« und wunderte sich, daß ich nicht »Hallo« sagte, und sie trug einen Riesenrucksack, und ich sagte: »Ist es denn so weit draußen? Dann hätt' ich eine Feldflasche beigesteuert.«
Sie hieß Julia und wurde wütend. »Noch ein Humorist. Ihr werdet euch großartig verstehen.«
»Gehörst du denn nicht dazu?«
»Nein, ich hab'n anständigen Job. Ich hab' einen Lover bei denen, und ich bring dich jetzt mit dem Rover hin, da kannst du noch'n Witz über Geländewagen machen.«
»Suchen die Leute ein Rittergut, oder wieso ist ihnen das Haus zu klein geworden?«
»Die Typen haben eine obskure Agentur, die boomt. Verdienen sich an Leuten, die'n Job suchen, dumm und dämlich. Suchst du einen?«
»Weißt du einen?«
»Ich würde mit denen keine Geschäfte machen. Das mit dem Lover betrifft nur das eine. Ich bin auch nicht aus Beton.«

Das Bauernhaus war groß und gepflegt und lag idyllisch. Wir würden nie das Geld dafür aufbringen, und Julias Wärme verflüchtigte sich, kaum daß ich ins Haus trat. Die Küche hatte die Ausmaße einer Halle. Große Küchen waren mir schon immer zuwider. Man kann sich niemals heimlich etwas Ungesundes zubereiten, denn ständig sitzen plaudernde Menschengruppen in solchen WG-Zentren, die höllisch aufpassen.

Vier Typen standen fachsimpelnd vor einem Werbeplakat. Von hinten sahen sie alle aus, als würden sie Karl Lagerfeld heißen. Von vorne dann eher wie ich.

Ich muß selten zum Friseur.

Vom Modeschöpfer Lagerfeld hatte ich am Morgen ein Interview gelesen, in dem er über ein Model den umwerfenden Satz verkündete: »Stella ist der perfekte Anblick für die Jetztzeit.«

Die vier Hausbesitzer sahen mir als erstes auf die Schuhe. Einer bot mir einen Red Bull an, den ich höflich ablehnte. Sie bestanden nicht darauf, mir das ganze Gebäude zu zeigen. Es war ihnen peinlich, daß jemand wie ich sich her bemüht hatte.

Meine Schuhe sind nur Rieker.

Ich bestellte ein Taxi und gab sündhaft viel Geld für die Heimreise aus. Beim Hinausgehen stellte ich mir vor, daß vier Zöpfe mir freundlich nachwinken.

Unterwegs fiel mir ein Bekannter ein, der in einer Männergruppe war und mir berichtet hatte: »Gestern haben wir uns alle angefaßt. An den Schultern natürlich. Und Tsatsiki getanzt.«

Olga

Mit Dora im Garten. Die Therapeutenfamilie nebenan baute ein Goldfischbassin.
»Ich kann kein Wasser mehr sehen.«
Dora schaute verträumt. »Als Kind bin ich oft mit Vater angeln gegangen. Ich durfte nur die Köder hüten. Trotzdem sagte er immer: Du bist der Hecht im Karpfenteich.«
»Wieso gehst du eigentlich nie schwimmen? Hast du nicht erzählt, dein Großvater hätte in Nordhausen eine Brauerei gehabt? Da wäre ich in Bier geschwommen.«
»War'ne Mineralwasserfabrik. Und Seen gab's auch, und'n Fluß, die Zorge. Natürlich konnte ich mal schwimmen. Ich war Olympiakader, mußt du wissen. Ich wäre so gern nach Mexiko.«
»DDR-Spitzensportlerin, whow.«
»Zur Olympiade '68. 100 m Kraul und in der Staffel. Ich war gut.«

Es war das erste Mal, daß Dora aus dem Nähkästchen plauderte. Ich gähnte leider, schon legte ich mich ins Gras. »Womit wir bei der Politik sind, ja? Leg dich ein bißchen zu mir.«

Jean-Baptiste kommt mehrmals auf die Bühne gelaufen, nur um Victoria, Akrobatin auf dem Hochseil, neuen Schwung zu geben. Aber wie eine Mutter bei der Beaufsichtigung ihrer draußen spielenden Kinder auch das Häusliche erledigt, läuft Jean-Baptiste zwischendurch mit Lockenwicklern heraus und hinweg, und erscheint danach mit erfrischter Frisur. Er zerteilt Victoria natürlich auch in drei Teile, auf einem Tisch, zeigt den Mittelteil von Victoria in einem Koffer triumphierend dem Publikum. Nachher weiß er nicht mehr, ob er den Koffer links rum oder rechts rum wieder einsetzen müßte.

Dora war bei ihren Kindheitserinnerungen. »Mein Vater hatte sich mißliebig gemacht. Um den Betrieb noch eine Weile zu behalten, es war der letzte private in Nordhausen, und auch nur, weil mein Vater alle Sandbahnrennen gewann, er war Spitze auf dem Motorrad, aber er hat den falschen Funktionär zum Mentor gehabt. Jedenfalls kam er vor Gericht. Und ich durfte nicht nach Mexiko.«

»Schwimmen verlernt man nicht«, sagte ich.

»Ich hatte ein Jahr Sperre und war völlig außer Form. Mein Verlobter, auch Schwimmkader, schickte mich zu einem Spritzenexperten. Bald danach war mit meinem Nacken was nicht in Ordnung. Ich hab das erst später begriffen. Der eigene Bräutigam half mit, mich zugrunde richten zu lassen.«

Victoria Chaplin und Jean-Baptiste Thierrée imaginieren Zirkus. »Le Cercle Imaginaire« nennen sie das auch. »Der Jupiter steht schon viel näher am Mond als vorhin«, sagt Gecko. »Oder umgekehrt.« Wir schauen von der Terrasse des Hauses der Kulturen der Welt hinunter in die Spree, in der sich alles spiegelt. In der Journalistengruppe werden Diskussionsschnipsel ausgetauscht. '68, Paris, und das unvermeidliche »Die Phantasie an die Macht«. Ich höre einen Journalisten sagen: Den Cercle Invisible dürfte es eigentlich gar nicht mehr geben. Pures zwanzigstes Jahrhundert. Und seine Begleiterin sagt, es sei eine anachronistische Ästhetik. Was meint sie damit, frage ich Gecko. »Wir hätten Kinder mitbringen müssen«, sagt Gecko. Er sagt das einfach so. Fehlt noch, daß ich in den Hosentaschen nachschaue, ob ich vergaß, eins herauszuholen und zwischen uns zu setzen. Die Journalisten reden inzwischen über irgend ein neues virtuelles Kampfspiel.

Dora: »Der Vater meines Verlobten war Betriebsleiter im Bergbau, und die Gruppe, bei der mein Vater war, wollte den Bergbau endlich stoppen. Beim KZ Dora-Mittelbau, im Stollensystem des

Kohnsteins, das ist ein Berg bei Nordhausen, in dem ab 1943 V2-Raketen gebaut wurden. Da hat die DDR dann einfach weiter Bergbau betrieben, und ein paar Nordhäuser haben das einstellen wollen, internationale Reputation und so, ging aber nicht, es handelte sich um ein seltenes Gestein, wirtschaftlich wichtig.«
»Dora? Wie du heißt?«
»Ich hieß Cora und hab mich umbenannt. Aus Solidarität mit meinem Vater.«
»Und sowas fiel auf?«
»Die haben es sofort verstanden.«

Zwei Kinder spucken in Regenpfützen und rätseln, wer Gans und wer Ente gewesen ist. Ob es am Schnattern zu erkennen sei, oder am langen Hals. Victoria verwandelt ihr rechtes Bein in einen Straußenhals, der Stiefel wird zum Kopf, der Stiefel pickt am Boden herum, während der Bürzel Victorias versteckter Kopf ist. »Jean-Baptiste trägt die Metamorphosen in Koffern herum, die selbst Metamorphosen sind«, sagt Gecko. »Bei Victoria sind es Gewänder.«

Dora sprach immer leiser. »Danach fing das ja erst richtig an, mit den Teufelsspritzen. Nacken, Wirbelsäule, Becken. Nach sechs Monaten Spritzen war ich sportuntauglich. Ich war nie wieder im Wasser.«
»Und immer noch nicht in Mexiko.«
»Jetzt würde es ja gehen. Ich hab' immer auf einen Prinzen aus Übersee gewartet, glaub' ich. He, du schläfst ja.«

Jean-Baptiste schneidet wütend Möhren in Stücke, und plötzlich fehlt ihm ein Zeigefinger. Erstaunt hält er alle Möhrenstücke an die Hand, ob eins vielleicht in Wahrheit sein Finger sei. Aber er hat den Finger nur gekrümmt; die Angst gaukelte ihm als geschehen vor, was möglich wäre.

Gecko

Ein feindseliger Blick.

Sie stand neben ihrem Schwager Kerfin mitten in einer Filmkulisse, an der er gerade schreinerte. So fing alles an. In Schöneberg, mitten in Berlin.

»Der war mal Bühnenbildner, Olga. Der Laderer«, sagte der Schwager zu ihr, und zu mir: »Die Zeiten haben sich geändert. Weißt du ja selbst.«

Sie bekam ganz enge Nasenflügel.

Mir wurde bang, denn ich las sofort ihre Gedanken: »Der wird aufdringlich werden, das ist alles.«

Ihre ältere Schwester Marieluise, die Lackiererin, drehte die Spritzpistole aus, zog die Schutzbrille auf die Stirn hoch und lächelte freundlich.

»Aber rauchen kannst du hier nicht.«

Am Abend zuvor hatten Marieluise und Kerfin mit mir Billard gespielt, wir hatten eine nach der anderen geraucht und ich hatte versprochen, mir die Werkstatt mal anzuschauen. Als *sie* ins Lokal kam und sich zu den beiden gesellte, ohne sich umzublicken, steckte sie sich auch eine an, und ich gab ihr Feuer. Das mißfiel ihr offensichtlich.

Manche Frauen sind so. Wenn ich ihnen die Tür aufhalte oder ihnen in den Mantel helfen will, oder, wenn die Bedienung kommt, mit einer Handbewegung bitte, als Dame doch zuerst zu bestellen. Ein Blick, als hätte ich wirklich Dame gesagt und wäre aus einer verstaubten Bühnenkulisse gestiegen und würde meine Beleibtheit Embonpoint nennen statt Wanst. Sie war auch bald wieder gegangen, ohne daß Marieluise oder Kerfin mich ihr vorgestellt hätten.

Wie sie da zwischen den beiden in der Werkstatt stand und wie ich ganz offenkundig direkt auf sie zuging, wurden ihre Knöchel weiß. Und ich ahnte ihren Ärger. Daß ich sie schon mal gesehen hatte, gab mir nicht das Recht, so auf sie zuzugehen. Ich verhielt mich wie ein Küken, das aus dem Ei schlüpft und das erste, was es wahrnimmt, für die Mutter hält, ein für alle Mal. Auch wenn es eine Holzente ist. Als Kind hatte ich mal einen Holzhund, den führte ich immer aus wie einen richtigen Hund. Und meine Kindergartenfreundin ging mit einem Waldi Gassi, und ich immer mit. Und an einem Nachmittag tauschten wir. Und alle vier waren glücklich. Da kam ich heim, und der Waldi machte, kaum daß ihn die Mutter ansah, sofort mitten in die Küche. Ich mußte ihn zurückbringen und nahm den Holzhund wieder in Empfang. So war das.

Die Schwester und ihr Mann arbeiteten für Filmarchitekten. Sie war nur so da, ließ sich zeigen, was die beiden in Arbeit hatten. Ich sah sie an, ging auf sie zu. Es war, als habe ich mich ohne zu wählen für sie entschieden. Ganz arglos.
Ihr Mißtrauen war auch nicht frei von Neugierde. Aber voller Argwohn. Bei ihr wirkte es ausgesprochen elegant. Sie ging zum Schraubstock, um von mir weg zu kommen. Ihr Blick war Bernstein, nein, ihre Augen, natürlich ihre Augen, aber ich redete ja die ganze Zeit, und ihre Augen waren nur ein einziger Blick, bevor sie sich abdrehte. Sie machte sich am Schraubstock zu schaffen, als gehöre sie dahin. Sie gehörte dazu. Und ich gehörte weg. So ein Blick, aber Bernstein. Und unablässig ihre Gedanken: »Er steht da und ist klein und hat einen Bauch und findet den Namen Olga eigentlich nicht passend. Er redet wie ein Sturzbach, und am Schluß lobt er den Namen in höchsten Tönen und will wissen, was wir mit Rußland zu tun hätten. Die ganze Zeit halte ich dieses blöde Brett im Schraubstock und nehme mir vor, als nächstes seine Eier in den Schraubstock zu packen, wenn er nicht bald verschwindet, oder sich wenigstens hinsetzt und das Maul hält.«
Gebaut wurde eine Burgenlandschaft, für ein Fantasy Movie. Sie erzählten gleich mal den ganzen Film, was ich nicht ausstehen

kann. Wenn mir einer so einen ganzen Film erzählt wie ein Erlebnis, das er vor kurzem gerade mal hatte, aber die gleichen Erlebnisse haben andere auch schon öfters gehabt. Vom Film kamen sie auf Vorfahren, da sind nämlich welche ausgezogen aus ihren Dörfern im Herzogtum Württemberg, und sind bis in die Kleine Walachei gekommen. Die haben sogar Wein dort angebaut wie zuhause.
Und *sie* schaute wieder, kurz, mit neuen Gedanken: »Jetzt setzt er sich auf den farbverschmierten Hocker und fragt: Und was hat das mit Rußland zu tun? Ich werde ihn erwürgen, die Treppe hinabwerfen und ihn fragen, woher ein so kurzer Mann einen so dicken Bauch hat.«

Habe ich die Werkstatt besichtigt? Ein bißchen schon, wahrscheinlich. Ich wollte mit ihr Kaffee trinken gehen, und endlich rauchen. Doch sie hatte etwas anderes vor, sagte das, hörte auf, über mich irgend etwas zu denken, ging und ließ mich mitgehen, bis sie in den Bus einstieg und sich die Tür mit leisem Pfeifton schloß. Sie stand mit dem Rücken zu mir. Sie trug eine weiße Jacke. Der Bus war brechend voll. Einen Augenblick lang sah ich noch diesen hellen Fleck, die Jacke, in grauem Gedränge. Der Rücken kam mir angenehm vertraut vor. Ich hätte ihn gern in dem Gedrängel beschützt.

Ich schickte ihr einen Lyrikband, zu dem ich einst die Holzschnitte machte, kunstvoll erotische. »Gab meine Fährte frei«, hieß eine Zeile. Ich schickte das in die Werkstatt, und sie rief an und teilte mir mit, sie lebe nicht in Filmkulissen, sie habe wie andere Leute eine ganz normale Wohnung und das Buch natürlich noch nicht gelesen. So bekam ich ihre Adresse und stand da und wollte was von ihr. Wie genetisch programmiert.
Bringen Sie so einem Küken mal bei, daß es die Ente erst erobern muß!
Sie brachte es mir bei.

Wir unternahmen etwas Gemeinsames: Ich lud sie ins Haus der Kulturen ein, zum mexikanischen Fest. »Ich kann nur einen einzigen spanischen Satz«, sagte ich: »No tengo tiempo.« Sie lächelte mich nachsichtig an, sprach von der schlechten Akustik und von der verbrannten Bratwurst. Sie wischte mir auf einmal den Bierschaum von der Oberlippe. Und verschwand, weil sie einen alten Bekannten begrüßen wollte.

Ich fand sie nirgends mehr und brauchte drei Tage für den Mut, sie anzurufen.

Olga

Antonio entra en el Bar Cádiz. Spanischunterricht bei Gaudencio. El camarero saluda. Buenos días, Don Antonio. Buenos Días, Matías. ¿Café, como siempre? Wieso ist da vorn ein verkehrt 'rum gedrucktes Fragezeichen? Das ist nicht verkehrt rum, das ist spanisch. Er ist ein nachsichtiger Lehrer, denn er macht selbst Fehler im Deutschen, er verwechselt die zusammengesetzten Hauptwörter. Untergangssonne. Sonnenuntergang. Schnitzsprache. Sprachschnitzer. Üben Sie jeweils einen Satz ohne Eile. Gut. Was kommt zuerst? Y yo no tengo tiempo esta tarde. Er mag nicht mehr lehren. Heute werden wir sehr schön faul sein.

Er zieht das Jackett aus. Photos fallen aufs Bett. Allerseelenfest, sagt Gaudencio. Sie lieben Blumen. Selbst die Vögel sind fliegende Blumen. Aber das Fest heißt *Dia de muertos*. An den Puestos, den Ständen der offenen Märkte, werden Totenschädel und Skelette aus Zucker und Schokolade verkauft, Särge aus Marzipan und Brot, das wie Knochen geformt ist. Die Kinder bekommen ihre muertecitos, die *kleinen Toten*, Puppen, die wie Marionetten an Schnüren bewegt werden, sie tanzen, sie haben Totenköpfe, Calavera, und diese Totenköpfe haben lachende Gesichter, alles winzig klein, eben muertecitos. Man schenkt einander Totenköpfe mit dem Namen des Beschenkten, und diese Köpfe sind aus Zuckerwerk, man kann sie essen, man ißt den Kopf mit seinem eigenen Namen. Innigkeit. Ich denke an dich, ich will dir zu diesem Festtag eine Freude machen. Sie ziehen auf den Friedhof, essen die gefüllten Tortillas, Enchiladas und Tacos und das Totenbrot mit Sesamkörnern, trinken aus großen Korbflaschen Tequila und Pulque, singen. Der lachende Tod. Und hören den Gitarren zu. In der Nacht hatte ich meinen ersten Orgasmus. Das war der Anfang vom Ende. Beim Vögeln hatte ich nie Orgasmen gehabt. Ich hätte es Gaudencio nicht sagen sollen. Er ackert und rackert von nun an, in der Gewißheit, ich häbe den Mann meines Lebens

gefunden. Ich häbe, dachte ich schwäbisch, ich häbe, er stößt, ich häbe, ich häbe, häbe, häb häb hepp.
Ich liebe ihn noch immer.

Das Haus der Kulturen der Welt. Gaudencio zog mich am Gürtel auf das Dach. In der trägen Nachtstille ließ ich mich schläfrig küssen. Gaudencio überlegte sich, ob er mich seinen Partnerinnen vorstellen sollte, sagte es so halbherzig, daß ich den Kopf schüttelte und an seiner Brust roch.
»Du bist mit einem Mann hier«, sagte er.
Ich erzählte, Gecko sei Angestellter im Haus der Kulturen der Welt. Was ja nur halb gelogen war, schließlich hatte Gecko berichtet, er habe da ab und zu Jobs, ein verkrachter Bühnenbildner.
Gaudencio sann unter blauschwarzen Wimpern nach. Er wirkte sehr eifersüchtig. Ich dachte an Gecko, während ich mich küssen ließ, ja, das spürte er. Beobachtete seine verflossene Olga, wie sie in den Himmel schaute, unvermittelt erzählte, nicht von Gecko, ja nicht von Gecko erzählen.
Ich verstummte mit einem Hüsteln. Nur stand mir der Mund halb offen, und Gaudencio schien es sicher, daß der halboffene Mund immer noch ein Gedanke an Gecko sei.
Er hielt meine Arme fest, so lange, so unschlüssig.
So kommt er nicht weiter, diese Frau, die in zwei Männer verliebt ist, muß er anders rühren. Er zeigt ihr nur sehr kurz seine überlangen Wimpern und das Tiefbraun in den Augen, im Kunstlicht des Abends war das gar nichts gewesen, schon redet er von seinem Ballettprojekt. Von der Mesa von Caxoacatl, die nur aus der Luft zu erreichen ist. Man fand metallene Kunstwerke auf der Hochebene von Caxoacatl, unausdeutbare Zeugen einer verfallenen Kultur. Mein Mund schließt sich angespannt, das Zeichen des Zuhörens, jetzt, intensiv. Die Mesa von Caxoacatl. Knochenweiße Sonne. Eine nackte, schattenlose Hochebene. Darauf

kegelförmige Statuen, manche bronzefarben, andere silbrig glänzend, wie Figuren eines Schachspiels für Riesen.
Das wolle er tanzen, diese Choreographie entwerfe ich dir jetzt. Wenn du einen Funken Gefühl für mich hast, begreifst du, warum ich das tanzen will, seit Jahren, irgend einer muß es finanzieren, also muß man es begreifen, und du wirst die erste sein, die es begreift. Du wirst deinen Mann dafür begeistern, tust du das für mich? Und immer schaut er mir auf den Mund.
Die Mesa von Caxoacatl. In jeder der Metallhüllen aus Goldgewändern, Jade und Silberschmuck fanden die Archäologen ein Skelett.

»Du tust mir weh, Gaudencio. Es ist vorbei mit uns, Gaudencio, sei mir doch nicht böse«, sagte ich und der Zauber war weg. Mein Mund schien mit einemmal sehr klein zu sein. Mit Mühe gelang es mir zu sagen, daß Gecko längst keinen Einfluß mehr habe, daß er ein besserer Hilfsarbeiter im Hause geworden sei.
Gaudencio begriff, daß ich ihm überhaupt keine Hilfe war. Er küßte trotzdem. Während er mich mit der Zunge bedrängte, die Zunge tief in den Rachen stieß, verabschiedete er sich von mir.

Es sind keine Monumente, es sind tote Menschen. Die hitzeflimmernde Hochebene erwies sich als die Wohnstätte einer überzivilisierten Aristokratenkaste, die es für unter ihrer Würde befand, die natürlichen Leibesfunktionen selbst zu verrichten. Aus Steintafeln und Knotenschnüren lasen die Archäologen, daß ein Heer von Sklaven sich um die Aristokraten bemühte, um Reinigung, Ernährung, Erwärmung, Beschattung ihrer Herren. Wo sich Körperbewegungen nicht ganz vermeiden ließen, fanden sie nach einem streng vorgeschriebenen Zeremoniell statt: Jede Armhaltung, jede Beinbewegung geschah nach eurhythmischen Regeln. Fortpflanzung war verpönt, sie adoptierten. Da der komplizierte Mechanismus des Hinlegens die Möglichkeiten dieser Elite weit

überforderte, schliefen sie im Stehen. Silberkrausen hielten Kinn und Hinterkopf des adligen Körpers aufrecht.
Eines Tages wurde den Sklaven die totale Bewegungsunfähigkeit ihrer Herren als Machtlosigkeit bewußt. Begreifst du, warum ich das tanzen will. Sie ließen die Adligen stehen in ihrem Edelsteinglanz und zur Mumie erstarren.

Er hatte sich aufgestützt, sah mir jetzt in die Augen. Ich: mit aufgerissenen Augen vor ihm.
Ich sagte, ich höre schon Kritiker schreien: »Haben wir im Tabu auf der Hochebene von Caxoacatl unsere eigene Zukunft erblickt?« Strich dem Exgeliebten über die viel zu langen Wimpern.

Gecko

Vergnügt fragte ich, soll ich mit nach oben kommen? Sie schlug das ab wie die Wespe vom G'sälzbrot. Mit Vorsicht, aber fest und bestimmt. Danach überließ ich mich ihrer Geschicklichkeit. Wenn ich es recht überlege, war das auch ein Vertrauen. Hätte sie es bemerkt, wäre es ihr ganz unangebracht vorgekommen.
Erst an einem hellen Nachmittag zeigte sie mir ihre Wohnung. Wies mir dann einen Sessel zu, setzte sich mir gegenüber.
»Als ob wir schon im Sandkasten miteinander gespielt hätten. Oder als hätte ich unverhofft einen Bruder.«
Nein, ihr Blick war schlimmer: »Da kommt ein ganz Unbekannter angelaufen, der sich in meinem Sessel breit macht. Gleich wird er nach Hausschuhen rufen. Ich bin nicht mein Sessel, meine Hausschuhe.«
Sie überlegte sich eine Weile, was zu sagen wäre.
»Schau mal genau hin. Ich bin ganz fremd. Siehst du jetzt?«
Ich stand vor ihr, neben ihrem Sofa, das sie mit Büchern vollgestopft hatte. Ich streckte ihr die Hand hin. »Die Hand ist waffenlos.«
Sie schüttelte sie nicht. Sie gab mir einen Handkuß, so sah ich auch ihre Lefzen.
»So«, sprach sie, »jetzt haben wir die Versionen hinter uns.«
Da konnte ich bleiben. Gegen Morgen schrie nebenan ein Säugling. Ich sah die Mutter vor mir, wie sie kommt und das Kind hochnimmt, und sie legt es sich an die Brust. Der Säugling nebenan schrie schon nicht mehr. Die Geliebte sagte ohne Vorwarnung: »Davon verstehst du nichts.«

Sie zerschmetterte ihr Frühstücksei und blickte spöttisch. »Was der Mutter ans Herz geht, das geht dem Vater nur ans Knie.« Ich fragte, ob das ein russisches Sprichwort sei.
Sie verblüffte mich, sie war noch viel schwäbischer als ich je sein könnte. Das einzig Russische ist der Name, von einer Verwandten,

mütterliche Ahnenreihe, die tatsächlich aus Odessa am Schwarzen Meer abstammte, aber an der Donau im Schwarzwald geboren wurde. Auch die Donau fließt ins Schwarze Meer.
»Kommst du in die Wanne?«
Der Säugling schrie wieder. Biochemiker haben es inzwischen herausgefunden, das Mysterium dieses Vertrauens. Nur leibliche Mutter und Säugling haben einen chemischen Wirkstoff, denselben in sich, der sie aneinander bindet, als seien sie noch eins. Später verliert sich dieser Wirkstoff, und dann geht der Mutter zuweilen manches auch nur bis ans Knie.

Ich merke meine eigene Neugier kaum. Sie will es immer neu wissen, was ist überhaupt Gier? Sie beschäftigt sich lange mit ihrem Haar.
»Wasch mir die Haare«, befiehlt sie. »Mehr Schaum. Ich sehe ja noch.«
Noch mehr Schaum. Ich wasche, ich streichle ihr Haar.
»Ich hör noch was.«
Noch mehr Schaum. Ich liebkose ihr Haar, ich küsse die Haarspitzen.
Sie sieht nicht mehr. Sie zittert.
Sie flüstert. »Bilder. Alles vom Shampoo verklebt.«
Sie hört nicht mehr. Sie zittert.
»Schattenlose Bilder.«
Ich liebkose ihr Haar. Ich binde ihre Hände darin fest.
Ihre Finger zwischen meinen Zähnen.
Ich löse ihr Haar.
Mit einemmal sieht sie auch wieder.
Mein Kopf steckt winzig in ihrem Bernstein eingeschmolzen.
Harzene Augen.
Mein ist die Rache, steht da drin. Mein ist die Nacht. Wie fremd du bist. Wie angenehm, daß du mir völlig fremd bist.
Zustand von offenen Nerven und geschlossenem Gemüt. Willigkeit. Nur ja nicht Gutwilligkeit.

»Ich fürchte mich«, sagt sie, fast vornehm rauchend, »ich fürchte mich vor dem Tag, an dem wir gar nicht mehr merken, daß wir nackt sind.«
Sie drückt mir die Zigarette in den Mund wie einen Finger.
»Eines Tages hältst du mich im Arm, und ich werde feststellen: So endet also die Leidenschaft, und das Vertrauen hält feierlich Einzug.«
Man widerspricht nicht mit verbrannter Zunge.

Großfürstin Olga regierte für ihren minderjährigen Sohn Swjatoslaw das heidnische Reich von Kiew. Sie ließ sich taufen, in Konstantinopel, und erhielt den Taufnamen Helena. Das ist länger her als tausend Jahre. Die Ostkirche versetzte sie nach ihrem Tode unter die Heiligen. Der Name Olga kommt vom nordischen Helga, helig sagen die Schweden.
Olga sitzt in ihrem Schaukelstuhl und reist in ihrem Bericht weiter, nach Irland. Grüner Stein im Meer, erzählt sie. »D'imigh an leac oighir agus d'fhan na docha.«
Ich war gerade durch Kiews Klöster gezogen. Ich beeile mich, gälisch zu träumen. Sie schaukelt.
»Der Graupelwind streichelt die Binsenbärte von Shancoduff, während die Kuhtreiber Zuflucht suchen
im Wäldchen von Teatherna, schauen sie hinauf
und sagen: Wem gehören diese hungrigen Hügel?«
»Ich möchte mit dir verreisen«, sagt sie. Dublin heißt *Schwarzer Pfuhl*. Duibh-linn. Sie spricht Namen von Plätzen kostbar aus.
»Wie kostbare Pflaumen«, sagt sie. Sie liebt Pflaumen.
In der Nacht ruft sie einen Namen. Und schreit und starrt mich im Schlaf an. Ich wecke sie vorsichtig, küsse die Liebste auf die engstehenden Augenbrauen.
»Du hast Rose, Rose gerufen.«
»Reich mir meine Zigaretten herüber.«
Ich frage, ob sie von einem Garten geträumt habe, von Rosen, aber sie sagt, das ist ein Name und geht dich nichts an.

»Wer ist Rose?«
»Der liebste Mensch. Den hab ich verloren.«
»Tot?«
»Schlimmer. Krank. Und weiß nicht was und weiß nicht wo.«
Und ich solle sie nicht *belatschern*.
Sie steht plötzlich auf und wirft mir Klamotten zu. »Wir gehn in den Park.«
Weil der dicke Mond gleich platzt.
Die Senke hindurch bis zum See. Die ersten Vögel schreien.
Da wir ineinanderliegen und still sind und unbeweglich bis zu einer matschigen Süße im Gehirn, platzt der dicke Mond hinterm Baum. Wir rühren keinen Finger, wir schweißen uns für immerdar, wir tropfen bewegungslos. Wir blasen uns auf in vergiftete Schwindligkeit. Pflaumenkern, Stechapfel, Bilsenkraut. Olga schmeckt nach Bewley's Kaffeerösterei, der Guiness-Brewery, den Whiskey-Destillerien, dem Straßenpflasterteer. Sie wird ohnmächtig. Ich bewege mich, ich breite meine Flügel aus, sie erwacht, sie blutet sanft, ich trinke aus ihrem Leib und gieße es ihr küssend in ihren Mund.
»Irland ist sehr schön und alt«, sagt sie und will endlich mit mir verreisen.
Ich lebe in einer Tropfsteinhöhle auf der Schwäbischen Alb. Ich lebe im Berg Teck. Ein keltischer Name, also auch eine Assoziation zu Irland: Tec heißt schön. Sie sagt: »Tir gan teanga tir gan anam.«
»Sie hatten ihre eigene Sprache verloren. Gälisch ist ja ganz künstlich wiedererweckt worden«, sagt sie.
Ein Land ohne Sprache ist ein Land ohne Seele. Ich erinnere mich an Flüche wie Heilandsblechle oder gar Heilandssack. Und sie erzählt, übergangslos, oder angepaßt? oder sanft nachgebend? von der Teck, von der Prophetin, die war beliebt bei den Leuten, denen sie die Zukunft deutete und denen sie Erntesegen verschaffte.

»Sie war aber auch die Mutter von drei Söhnen. Und sie hätschelte und tätschelte ihre drei Söhne und glaubte ihnen jedes Wort, und traute ihnen bei allem. Aber die drei wurden alle miteinander Wegelagerer, die das Volk beraubten und die Leute erschlugen. Da spannte die Sibylle ihre vier Katzen vor den feurigen Wagen und floh aus dem Land ihrer Söhne. Niemand weiß wohin. Doch ihre Spur ist unterhalb des Berges Teck noch heute zu sehen: Wo ihr Wagen fuhr mit ihren vier Katzen, sind die Felder fruchtbarer als alle anderen im ganzen Lautertal.«

Ich will mit ihr auch verreisen, ich möchte, daß wir uns unsere Heimat angucken.
Das kommt ihr plötzlich ganz ungelegen. »Du hast nur ein schlechtes Gewissen. Weil du deine alte Mutter nie besuchst.«
Und sie erzählt die andere Sage von der Teck, die ärmlichere, die von der Frau in der Veronikahöhle unter der Teck. »Ein Weib namens Verena Beutlin wohnte einst in einer Höhle unterhalb des Berges Teck und hatte sie zu einer angenehmen Behausung eingerichtet. Sie stand aber in ehebrecherischem Umgang mit einem Mann aus Beuren, der zu ihr in die Höhle kam und Kinder mit ihr zeugte. Weil oft Rauch aus der Höhle stieg und ihre Kinder beim Betteln erwischt wurden, kam die Sache heraus. Die Kinder wurden getauft, das Weib aber als Hexe verbrannt.«

Und jetzt kehren wir einander den Rücken zu.
Ich liege in den Ruinen eines keltischen Tempels, und bevor wir vor Seligkeit tot sind, stechen uns die Mücken wach. Leute nehmen uns mit und geben uns *bed and breakfast* und das Bett knarrt und das Frühstück bringt die Frau ohne anzuklopfen. Und sie weist streng auf meine Knutschflecken hin. Ich mag ihren Tee nicht. Und die Palmen sind viel kleiner, als Olga behauptet hatte.

»Überhaupt«, sagt Olga, »ist das ganz anders mit der Fruchtbarkeit. Vor fünfzehn Jahren gruben Archäologen unter der Spur von Sibylles Flucht und entdeckten eine römische Befestigung, mit vielen Toten vom Kampf zwischen Rom und germanischen Stämmen. Deshalb die Fruchtbarkeit in dieser Schneise. So ist das nämlich.«

Sie besitzt unheimlich viele Nachschlagewerke. Ich suche das Wort Vertrauen. Im Handbuch Psychologie, im Lexikon der Psychologie, in den Grundrissen der Philosophie, in Leitfäden zur Pädagogik und zur Religion. Ich finde es nur bei der Wehrwissenschaft. Von da haben es die Gewerkschaftsfunktionäre übernommen.

Geh durch eine nur hundert Meter lange Grünanlage in der Nacht und behaupte, Vertrauen sei etwas Selbstverständliches.

»Ver«, sagt sie plötzlich, »ver, das ist immer schlecht. Angst, Glück, Lust und Schmerz haben kein Ver.«

Ihre nackte Hüfte liegt an meiner Schulter, und wir sind einander so fremd, daß die Heiterkeit in uns zum Beißen reizt. Mit einemmal beginnt es zu regnen. Ich bin schon fast einverstanden mit Irland und träume von irischen Mönchen. Da setzt sie sich auf und sagt: »Um die Teck hängen die Nebel. Und dann fahren wir an den Bodensee.«

Meine irischen Mönche schnallen ihre Kutten fest und krempeln die Ärmel hoch und gründen schwäbische Klöster.

Im Kindergarten hatte ich plötzlich Wasserpocken bekommen. Das Kopfhaar wurde abrasiert, ich lief mit einer Glatze herum. Und die Mutter kaufte mir eine gestrickte Mütze zum Drüberstülpen. Es war schrecklich. In den Kindergarten durfte ich sofort nicht mehr. Die Kindergartenfreundin sah ich nie wieder. Und meinen Holzhund erkannte ich auf einmal als Holzhund.

Ich wollte ihn nicht mehr liebhaben.

Da gab ich mir die allergrößte Mühe.

Olga, die Schöne. Lange zweifelte ich daran, daß sie es mit mir aushalten würde. Ich lief hinter ihr her und tat, als werde es nie eine Trennung geben. Dann eröffnete sie mir, daß sie umziehe. Aus Berlin hinaus, mit Leuten, von denen sie mir nie erzählt hatte. Ich stand einfach so vor ihr.
Und dann schlug sie mir unvermittelt vor, mitzuziehen.
In dieses marode Haus, das wir uns nicht leisten konnten.
Das zählte nicht, es zählte nur, daß sie mich liebte.
Ist Vertrauen etwas Schamloses?
Das wär' mir recht.
Am Morgen wird sie wieder ihr Frühstücksei zerschmettern.

Olga

Gecko suchte einen Job.
»Was ist denn mit dir?«, hatte er am Abend gefragt, und ich hatte kühl auf mein Arbeitslosengeld verwiesen. »Ich habe lang genug malocht. Ich darf mir das leisten.«
»Sie werden dich bald zum Gartenbauamt zwangsverpflichten.«
»Gecko, hier gibt es kein Gartenbauamt.«
Er würde auch keinen Job finden. Er konnte nicht einmal Gartenbau.
»Und was bitte schön suchst du?«
Nicht mal Unkraut jäten könnte er. Oder Sträucher binden. Bäume sägen.
»Ich bin da an was dran, vielleicht wird es ein Ausstattungsauftrag.«
»Und an wem bist du da dran?«
»An einer Kulturmanagerin.«
»Und an wem ist sie dran?«
Er mochte nicht mehr erzählen.
»Und wenn's nichts wird?«
»Ich habe noch Erspartes.«

Beim Frühstück erzählte mir Dora: »Ich habe was Neues gefunden: Ich habe fliegen gelernt.«
Ein Lover mit Motorsegler. Im Fliegerclub Straußberg.
»Das ist ein netter Kerl. Er hat mich schon zweimal mitgenommen.«
Im Zweisitzer über die Alpen.
»Das war tausendmal mehr als das ganze Amerika.«
Dora erzählte, sie habe sich für den Flugschein angemeldet.
»Ich dachte, du hast einen Typen im Antiquitätenhandel?«
»Mit dem läppert sich's nur noch. Wir haben viel Spaß gehabt, in den letzten Tälern der Ahnungslosen Trödel und alten Hausrat

billig abgesahnt und in der Stadt teuer verkauft. Bis ich meinen eigenen Laden hatte. Der läppert sich gar nicht mehr. Ich hätte nie gedacht, daß das so schnell in' Graben geht.«
»Aber den Laden hast du noch?«
»Sag's keinem, aber ich hab jetzt einen Stand auf dem Trödelmarkt, Straße des 17. Juni, ich verkaufe Silber. Das geht höchstens noch zwei Jahre, dann kaufen die Leute ihr Silber auf der grünen Wiese. Aber nicht aus Silber. Olga, ich bin ehrlich gesagt längst wieder pleite, wir brauchen 'ne billigere Bleibe.«
Mir fiel wieder Konstanze ein, die Geld hatte und so allein wohnte.
»Ich hätte eine Freundin, die bei uns einziehen könnte. Was hältst du davon, Dora?«
»Bißchen reichlich Frauenüberschuß wäre das.«
»Also wirklich, Dora. In unserer Lage wäre Geld wichtiger als noch ein Gemächte.«
»Frag sie ruhig.«
»Oder weißt du einen passenden Lover?«
»Da schau ich leider nicht so aufs Geld.«
»Du schminkst dich neuerdings anders.«
»Und ihr seid alle emanzipiert, aber nicht gewitzt.«
»Ich weiß, nur dreißig Prozent der westdeutschen Frauen kriegen einen Orgasmus, in der DDR waren es siebenundneunzigkommasieben Prozent.«
»Dann war ich bei den Dissidentinnen.«

In der Nacht hörte ich Jírina singen. Ihr Fenster stand offen.

»Da auf die versengten Trümmer des Sommers
ein düsterer Vogel niederstößt,
der Würger, der Vogelstimmenimitator,
der sie anlockt, die Kleinen,
und dann auf Dornen spießt.

Allein in meinen Wänden,
denen die Ohren gellen
beim Landen des Flugzeugs,
Wänden, die ihr eigenes Wort
nicht mehr hören ...«

Und dann sprach sie, als sei sie aus Träumen hochgeschreckt. »Brousek Antonín, ich werde es für dich singen, dein Poem, und Maltézské námestí unter meinem Fenster wird sein, als hätte der Platz nie einen Panzer gehört, singen werde ich dein Lied, und die Straßen werden von Blättern der Literární Listy bedeckt sein wie Laub.«
Ich hörte, wie Schimmel bei ihr klopfte, hineinging. »Was hast du, Jírina?«
»Die Nacht beginnt salzig. Warum weinst du, Libor?«
»Du kannst doch nicht ewig von deinen Panzern träumen. Das ist doch vorbei und gegessen.«
Zärtlich hörte er sich an. Nur zum falschen Zeitpunkt.
Sie schien aufzuschrecken. »Kann man hier nicht mal in Ruhe Alpträume haben!«
»Du hast deutsch gesprochen, ich dachte, wenn man erregt ist, redet man in der Muttersprache.«
»Mein Gott, Schimmel, was du alles weißt. Wenn ich einsam bin, rede ich wie meine Mutter, ich denke an meine Mutter.«
Ich hatte den Eindruck, der merkt es einfach nicht, daß es weißgott der falsche Moment ist. »Und wenn du liebst?«
Da sprach sie tschechisch. »Hunde verjage ich tschechisch.«
»Was heißt das?«
»Ach, laß mich. Es heißt: Im tiefen Böhmerwald.«

Am Morgen forderte sie ein anderes Zimmer.
Dora hatte ihren vermittelnden Ton drauf.
»Schimmel ist harmlos, glaub mir. Der war anfangs nicht so

aufdringlich. Den muß es einfach erwischt haben, der verehrt dich.«

Da geriet Jírina in Fahrt.

»Kennst du den Cartoon, wo ein Mann an einer Frau herumtatscht, und dessen Gattin sagt zu der armen Frau: ›Der tut nichts, der will nur spielen.‹«

Dora schlug rasch einen Tausch vor.

»Wir richten die große Kammer her. Dann bist du neben Gecko.«

»Gut, der ist mit dir versorgt, Olga.«

Dora hätte es dabei belassen können. Aber sie ist neugierig.

»Schimmel wär doch mal 'ne Abwechslung, der frißt dir aus der Hand.«

»Will ich das? Immer Heu in der Hand für den armen Schimmel?«

»Du hast erzählt, wie du unter dem Paschagehabe in Prag gelitten hast.«

»Ist doch lange her.«

»Für alle wichtigen Literaten geschwärmt, deine Worte, und im Nachhinein hast du festgestellt, daß in der ganzen Prager-Frühling-Clique keine einzige Frau war.«

»Doch, eine einzige, meine Namenscousine Jírina Hauková. Schrieb gute Verse. Und ich eben, beim Filmfestival in Karlovy Vary. Weil mein Vater mich hat volontieren lassen. Ich tippte Flugblätter ab, das war alles.«

Schimmel kam rein und schlug Jírina vor, sie zu managen, nebenbei, da wäre er ein Ass. Das Ass hatte eine Kollegin in der Sozialen Künstlerförderung, die für Popgruppen zuständig war. Jírina goß ihm Kaffee über den ganzen Kopf.

»Vielleicht kümmerst du dich mal um dich selbst!«

Mit seinem Aussehen könne er beginnen. Und auch damit aufhören.

Bei der Hausarbeit. »Läuft's mit Gecko denn besser«, fragte Dora. »Oder macht er's mit dem Schnäuzer, ach, will ich gar nicht wissen, wieso heißt er eigentlich Gecko? Dein kleiner Gecko würde mir auch gefallen, hin und wieder.«
»Zum Chamäleon hat es nicht ganz gereicht.«
»Heißt das, er kann sich nicht so gut tarnen?«
Ich wurde prompt lehrerhaft. »Die Fähigkeit, die Farbe zu wechseln, dient dem Chamäleon nicht zur Tarnung. Es ist Stimmungssache. Hunger, Wärme, Lichtwechsel, Angst.«
»Und beim Gecko?«
»Eberhard kann nur klammern. Geckos haben Haftlamellen.«
»Nun heul nicht in die virtuelle Kittelschürze und mach hinne.«
»Imaginäre Kittelschürze, wenn schon. Da bin ich altmodisch.«
»Ich hab ihn mal beim Computerspielen erwischt, irgendwas Obszönes, aber mit einer ultramarinblauen Wasserfläche, und hab ihm gesagt, ich träumte manchmal noch vom Schwimmen. Eine Kanalüberquerung oder so etwas. Da meinte er, er könne mir ein *virtual basin* entwerfen.«
»Die Frau in seinem Basin lag sicher auf dem Bauch.«
»Woher weißt du das?«
»Er glotzt gern auf schöne Hintern.«
»Na, wer denn nicht. Sag ihm, er könnte ruhig engere Hosen tragen.«
»Das ist der Fluch der langen Zweisamkeit. Die Herren tragen dann ungeile Klamotten.«
»Ich hatte mal einen, der empfing mich schon beim dritten Mal in ausgebeulten Jogginghosen. Ich will sagen, die Knie waren ausgebeult. Den hatte ich nicht lange.«
»Gecko trug früher Seidenhemden.«
»Ist doch schön.«
»Ich kann's nicht leiden. Er hat's dann gelassen. Er trägt immer, was ihm die Freundinnen aussuchen. Ich sollte mich mal wieder drum kümmern.«

»Ja, laß das nicht schleifen. Dann haben wir alle was davon.« Ich glaube, sie meinte gar nicht Gecko selbst, nur den Mann, sie hatte blendend aussehende Typen genug in petto.

»Hast du's eigentlich immer mit den Schwäbles?« fragte sie, und ich korrigierte sie ärgerlich. »Im Schwäbischen darfst du überall ein *le* ranhängen, aber niemals an den Schwaben selber! Du kannst *liebs Herrgöttle* sagen, aber nicht *Schwäble.*«

»Ich frag ja nur, weil du selber schwäbisch bist«, sagte sie. Ob das nicht langweilig sei, auf Dauer.

Sie schaffte es immer wieder, daß man sich vor ihr rechtfertigen mußte.

Und ein paar Mal bekam ich fast Angst, sie würde mich bei etwas unsäglich Peinlichem erwischen.

»Die Männer in meinem Leben waren international bestückt. Jetzt darf's ein Landsmann sein.«

»Gute Antwort. Setzen.«

Die Schwester

Rose

»o wir sind eigentlich alles
wir sind auch kunktatoren also
zauderer
nicht nur zauberer allein«
Ingomar von Kieseritzky und Karin Bellingkrodt,
Das Gefühlslabor

Olga hat mir geschrieben. Ob ich die Schwäbische Alb nicht satt hätte. Auch Marieluise habe nach mir gefragt. Ich hab kein Zuhause mehr, nach all den Kliniken und Anstalten. Die Schwestern sind weggeflattert, wie Brüder im Märchen.
Ich könnte nach Berlin, sie laden mich nach Berlin ein. Du kannst bei uns wohnen, bis du was hast.
Bist du was, hast du was.
Es war doch eher so, daß die Kraniche wegflogen. Und das lahme Entchen blieb zurück.
Ja, Schwestern, satt hab ich's, die möblierte Untermiete, Plochingen, Nürtingen, Urach. Der Wasserfall ist schön. Das ist aber auch das einzige in Urach. Satt hab ich's, die Therapiestunden, die Abwesenheit erträglicher Erotik.
»Vergewissern Sie sich«, sagt der Therapeut, »Ihrer Wurzeln. Eh Sie wer weiß wie weit weg ziehen.«
Woraufhin ich Ausflüge über die Alb mache. Zum Blautopf. In die Nebelhöhle. Auf den Hohenstaufen oder Hohenneufen.
»Ich kann hoch stehen und tief hinab blicken«, berichte ich dem Therapeuten dann.

Jahrelang hieß es zuhause, Olga sei als Kleinkind aus dem Gitterbettchen herausgefallen, man müsse ihr manches nachsehen deswegen. Die Sturzangst, die Fallangst, die Furcht, fallengelassen zu werden ... Da sei manches Mal Geduld vonnöten. Erst spät kam heraus, das war ja ich, die auf den Fußboden fiel.
Nie hat mich einer dazu überreden können, in ein Flugzeug zu steigen.
Das erste Fremdwort hieß *psychosomatisch*. Die Knochen tun weh. Oder die Nerven.
Vater erklärte: »Das kommt aus Amerika, psychosomatisch.«
Es fraß sich ein. In die Nerven, Knochen, ins Gemüt.
Wenn eine fragte: »Wieso bist du vom Turnen befreit?«, gab ich zur Antwort: »Wegen Amerika.«
Die Eltern verboten mir Cola.
Olga machte sich tiefere Gedanken über mich.
»Vielleicht bist du krank, weil du Linkshänderin bist.«
Bei Zwillingen ist wohl oft einer Linkshänder und einer Rechtshänder.
Ich merkte früh, daß sie sich vor unheimlicher Ansteckung zu schützen wußte.
Mumps und Wasserpocken hatten wir allerdings beide gleichzeitig.
In der Pubertät fing Olga an, auf Abstand zu gehen. Denn meine *Somatie* wurde schlimmer. Erst kam ich aufs Streckbrett, dann in die Nervenklinik.
Sie hieß Freudenholm, und die Erwachsenen nannten sie ein Kinderheim. Das durfte man sagen, im Bekanntenkreis: Meine Tochter ist in einem Kinderheim.
Ich war ja auch mager.
Ich hatte mit Steinen auf Mutters Sammeltassen geworfen. Ich hatte mir mit Vaters Rasierklingen die Arme zerschnitten.
Freudenholm. Erst viel später fiel mir auf, daß meine Wärterinnen ja auch Frauen waren.

Im Kinderheim: der Mittagsschlaf, der verordnete Schlaf nach dem Essen, Zwangsruhe, im Garten unter Kastanienbäumen – damals regnete es weniger? Nein, das habe ich leichter verdrängt: den Schlaf mittags im Schlafsaal, wenn es draußen regnete. Der Schlafsaal war unerträglich, das war nichts für Erinnerungen – wie der Vorfall, als eins der Mädchen zur Strafe den Teller leer essen mußte, auf den es das Labskaus erbrochen hatte – hat mir das eine später erzählt? Gab es mehr solcher Vorfälle? Heißt es der Labskaus? Ich kann mich auch an keine Person erinnern, wenn ich an die Betreuerinnen denke.
Der Mittagsschlaf im Freien, auf Feldbetten.
Schlaf als Ruhestellung. Erträglich schlimm, weil es im Freien geschah, unter großen Bäumen.
Den See im Blick, in dem wir vor dem Mittagessen baden durften. Ich nehme an, daß wir das durften, ich war wasserscheu.
Unter Kastanienbäumen auf den Feldbetten. Ja, still daliegen mußten wir; es wird also eine Aufsichtsperson dagewesen sein.
Still daliegen, unbeweglich lag ich da, den Körper rührte ich nicht, so erinnere ich mich, obwohl ein Mädchen im Alter von dreizehn Jahren nicht lange unbeweglich dagelegen haben kann.
Ich habe die Erinnerung, stocksteif dazuliegen, zu horchen, in die Baumkronen zu sehen.
Eine Lederhaube mit Reißverschlüssen, die zieht dir einer über Mund und Augen zu.
Schlafe, mein Prinzeßchen, ich tu dir weh.
Auf den Feldbetten. Zwei Jungs waren in mich verliebt, der eine protzte mit mir vor allen, nahm mich in den Arm, zwang mich, von seinem Arm festgehalten, mit ihm herumzugehen, zu keinem andern Zweck. Wir haben uns nie geküßt.
Ich küßte den anderen, wenn wir heimlich durchs Gebüsch schlüpften und ich mich sofort an einen Baumstamm lehnte.
Er ließ mich meine »Angelegenheit« mit dem Protz tun, ohne sich einzumischen.

Wie ich es fertigbrachte, auch noch eine Freundin zu haben, ist mir rätselhaft. Ich war in sie verliebt, und wir hatten am selben Tag Geburtstag – sie nur ein Jahr jünger, zwölf – schon deshalb ließ man uns so vertraut sein, ohne etwas zu vermuten.

Der »offizielle« Freund den Arm um mich, fester als sonst, aber doch auch liebevoll in dieser Stimmung, und ich schaue den heimlichen Freund in der halben Dunkelheit an, so lange, bis ich heule. Dann erst weint er mit.

Ich stehe auf und gehe, langsam, damit ich nicht noch mehr auffalle, weg, weg von der singenden Gruppe am Lagerfeuer, nun Brüder eine gute, bin allein und spüre mit einemmal den Körper der Freundin hinter mir, ich lasse mich endlich fallen gegen diesen lieben Körper.

Ich habe immer nur reagiert.

Gecko

Fiebrig. Trocknete aus. Fühlte mich besoffen, nicht mehr trunken vor Gier und Verliebtheit. Veräppelt von meiner Arglosigkeit, meiner Zwanghaftigkeit, meiner Glatze, meinen Wasserpocken, meiner gestrickten Mütze.
»Ich bin nicht der Richtige für dich.« Geh weg, ich stecke dich an. Mit meinen Pocken, mit meiner Mütze.
Olga sah mich an. Im Bernstein eingeschlossene Fliegen fingen an, ihre Flügel zu putzen.
In dieser Woche wurden die Flügel sehr sauber. Und setzten zum Flug an. Wenn du fertig bist, werden wir losfliegen. Wir können warten.
Olga pflegte mich. Sie war zur Stelle, wenn ich Tee brauchte oder der Schweiß von der Stirn gewischt werden mußte oder ich nicht allein bis zur Toilette kam. Sie war immer da. Und zugleich unsichtbar. Daß ich mit mir selber fertig werden konnte. Denn das kann einem niemand abnehmen. Ich erzählte ihr, ich träumte von der gestrickten Mütze, die ich im Kindergarten tragen mußte.
Die meiste Zeit war sie offenbar außer Haus. Oder auf der anderen Seite der Welt.
Mir träumte, sie hätte einen Alptraum, in dem sie mich verläßt. Sie sagte, ich möchte so gern mal allein sein, und ich sagte, wir sind doch allein.

Sie sprach stundenlang nicht mit mir. Wollte ich mit ihr reden, mußte ich weite Spaziergänge machen und mir, mit flatternden Bewegungen, eintrichtern, wie ich sie umstimmen könnte. Über der Nasenwurzel stieg ihr eine Falte hoch. Ich schaute sie an: ein hübsches, altes Photo aus unerklärlich behüteten Jahren. Ich glaubte ihre Stimme zu hören, wie sie vor sich hin sprach und sich beruhigte: »Er wird kein Gespräch anfangen.« Jeder Versuch, sich noch mitzuteilen, wird zur Infektion.

Ich meinte, ihre Gefühle zu empfinden, sie schien ein wenig rührselig, und sie fand mich schön, aber in dem Sinne, den Männer vorgestrig nennen, meistens bärtige und dürre Männer und natürlich die geschäftstüchtigen.
Die Personen werden mir ganz fremd.
Es gibt eine Frau, häufig im Türrahmen stehend, und einen Mann in seinem Bett, in dem ich mich doch immer wieder erkenne.

Der Mann kommt sich wie ein nasser Sack vor. Er sieht zu, wie sie ihre Zigarette im Aschbecher ausdrückt, langsam und zart. Der Tee ist dann fertig. Sie kommt näher. Mit einem Arm lehnt sie am Bettpfosten, der andere hält den Morgenrock zu. Die blassen Finger. Sie friert. Er wendet sich ab und bleckt die Zähne. Er fiebert.
Wie sie weg ist, telefoniert er: Er löst eine Zugfahrkarte. Wenn sie ihn verläßt, muß er sofort verreisen.
Er schläft ein und träumt von ihr und alles wird gut.

Die Zähne knirschen auf Gleisen, da fährt er zum erstenmal erster Klasse und freut sich. Und er freut sich, daß zwei Mitreisende ihn zum Skat einladen. Im Spieleifer verpaßt er das Aussteigen und landet prompt in Radolfzell. Es handelt sich dabei um eine Zelle frommer Mönche, die sich vor mehr als elfhundert Jahren im Bannkreis der Klosterinsel Reichenau niederließen. Im Gasthaus unter dem Bodanrücken liegt er krank im Bett.
Sie macht ihm kalte Wickel um die Brust.

Sie kamen bald im Zeitraffer, die Träume. Auf dem Bodensee segeln. Dann die dicken Federbetten. Süßliche Musik: ein seliges Leitmotiv der Felchen. Diese Fische zeigen mir ihre blauen Rücken. Da hätte ich sie gern dabei gehabt. Wir laufen zum Bootssteg und knüpfen einen Nachen los. Mitten im See fällt die Mannschaft über Bord, man gleitet in die silbrigen Glitscherholladrio in die Fluten

und ertrinkt seufzend im Maul des Leitfischs der Blaufelchen. Der spuckt uns auf der Halbinsel Mettnau aus. Wir gehn angeln und verplaudern unsere Gedanken. Verboten ist nur der Name Joseph Victor von Scheffel.
Erlaubt sind Verse von Annette von Droste-Hülshoff.

»Kannst du nicht schlafen?«
»Ich schreibe mir die Felchen von der Seele.«
»Ich les noch ein bißchen.«

Da der Tee zu bitter gerät, richtet sich der Mann aus dem Kopfkissen hoch und blickt auf ihr liebevolles Lächeln, das ihm vorkommt, als lache sie grausam zwischen den Augen. Er findet die Flügel nicht und kriegt Angst. Nur kein Opfer sein, hatte er ihr mehrmals gesagt und dann jedesmal weggeschaut in ertappter Schutzlosigkeit. Sie hatte ihm recht gegeben. Als Täter fanden sie sich originell, ohne Reue. Aber tief im Innern, da wollten sie ja gerade bereuen. Viel bereuen, ganz satt sein und bereuen. Am liebsten wären sie Sünder.

In einem späteren Traum spaziert der Mann flügellos, doch gutbesohlt zum See. Was tue ich hier, sage ich zu mir und antworte, ich werde mir ein Boot leihen. Wie der Mann die Bootsvermietung betritt, steht vor ihm ein kleines Mädchen, das seinen Bruder oder Spielkameraden an der Hand hat und zum Kassierer sagt: »Zweimal Erwachsene. Wir leisten uns das heute.«
Der Mann sucht sich das älteste Boot aus. Abgeblätterte Lacke, ein verwischter Name aus Goldbuchstaben, Hilde II. Er rudert gern.
Im Röhricht findet er ein verlassenes Boot. Er tauscht Hilde II um. Sein jetziges Boot trägt eine bloße Nummer. Er setzt mit dem Boot zu einer Insel über, auf der es keine Imbißbude gibt. Du liebe Güte, ich habe doch gar nichts verbrochen. Ihre Handbewegungen

über seinen Lenden. Sein Stoß, voller Schrecken. Ihre geöffneten Hände, derart gleichgültig.
Seine Zähne setzen sich wieder in Bewegung.

Er kommt jetzt häufiger hoch aus seinem Kopfkissen. Nach den kalten Wickeln vergräbt sie ihn auf ihrem Schoß.

Er rudert heftiger. Die Litanei von Vorgängen, sagt er wehleidig, was für eine unsaubere Angelegenheit. Es genügt, wenn geräuspert wird, wenn eine Handbewegung einem Satz die vernichtenden Gänsefüßchen versetzt. Er ist einen Moment lang verzaubert von Provokationen aus alten, bösen Märchen, er sieht sich kalt um.
Er kommt zu einer Lichtung, die von anderen Bootsausflüglern belagert ist, darunter einem Studentenverein mit Wimpeln. Er hört einem Gespräch zu, die Arme gekreuzt, in die Wiese gestreckt. Er hört: »Wie dann die Wehen einsetzten, natürlich bei meiner Frau, da habe ich mich eingeklinkt, eingeschwungen, es ging ganz cool.«
Er merkt, daß seine linke Hand in einem Hundescheißhaufen liegt. Er muß sofort ans Wasser und sich waschen. Der Ekel ist im Grunde eine Angst wie das Gefühl, das er jedesmal hat, wenn er unter einem Gerüst durchgehen muß. Ist er allein, macht er einen Bogen. Mit anderen zusammen traut er sich das nicht. Was ja auch Angst ist.
Wie er über die Insel spaziert, händeflatternd, mit sich redend und die Antworten der Partnerin, wie er sie dabei nennt, die nicht da ist, die Antworten mitberedend, wie sie seiner Erinnerung nach fallen müßten, gesellt sich ihm einer zu, nicht von den Männerbewegten, dazu ist die Kleidung zu speckig, und er riecht nach faulem Rotwein. Der Schwager.
Kerfin bricht sehr schnell das Schweigen. »Die Ferne winkt, die Nähe hinkt«, sagt Kerfin, legt eine Hand über die Stirn, imaginär spähend, die andere stützt sein hinkendes Knie. Das Ufer ist schon

sichtbar, und sie hören Möwen.
Kerfin kann das Wasser nicht halten. Schnell und ohne zu hinken rennt er auf die Sträucher mit Brombeeren zu.

Er sieht auf Kerfins Schlund, der die Brombeeren unzerkaut schluckt. Kerfin findet ein Poesiealbum in den Sträuchern, neben gebrauchten Taschentüchern. *Sei deiner Eltern Freude, beglücke sie durch Fleiß, so erntest du im Alter dafür den schönsten Preis.«* Der Mann grübelt über ein mögliches Reimwort auf Alter, aber er findet nichts passend. *Liebe dein Mutterherz, so lang es lebt, wenn es zerbrochen ist, ist es zu spät.* Herzen brechen nicht, denkt er erbarmungslos.
Vergesse nie die Heimat, wo deine Wiege stand, du findest in der Ferne kein zweites Heimatland. Es ist die unerbittliche Logik, die ihm zusetzt. Wenn er emigrieren müßte. Er kann keine Fremdsprachen. Er ist unbegabt. Er kann nur in die Schweiz, als Schwabe.
Rosen wachsen dir auf Erden, aber ohne Dornen nicht, Gisela, willst du glücklich werden, so vergiß den Heiland nicht.
Wer ist diese Gisela? Er will von Kerfin los, diesem Plappermaul mit seinem Poesiealbum. *Daß du nicht kannst, wird dir vergeben, doch nimmer mehr, daß du nicht willst. Deine Lehrerin.* War es Gisela, die etwas nicht gewollt hatte? Oder was hatte Gisela weder gekonnt noch gewollt? Oder was wollte sie? Als Kind war er jähzornig gewesen.
Er hört, wie Kerfin kalauert. Eigentlich hört er nur, daß Kerfin erzählt, daß er Kalauer mag, wie den, den er gerade erzählt habe. Er sagt, es heiße »erzählt häbe«. Sie seien schließlich in der Heimat, im Schwäbischen, am Bodensee.
Kerfin meint, es gäbe auch gute Kalauer: Als Schwulsein endlich Mode wurde, habe er nach zwanzig Jahren damit aufgehört. Er konnte Männer noch nie ausstehen.

Der Mann hätte jetzt gern jemanden, der sie beide unterbricht.

Kerfin findet eine Mark im Sand.

Kerfin ist ihm einfach überlegen. Er deutet mit dem Zeigefinger auf eine Gruppe, die den Dampfer besteigt.

»Brustbeuteltouristen«, sagt Kerfin. Zehn rote Nasen lachen ihnen entgegen.

»Kennen Sie das auch«, sagt er zu Kerfin, »Ihr Gesprächspartner sagt plötzlich: ›Aber mir ist da mal Folgendes passiert‹ –«

»Entsetzlich«, gibt Kerfin zu. Sie ziehen die Füße aus dem Wasser. Kerfins Zehen sind kürzer, runder, appetitlicher. Kerfin steht zuerst auf.

Er dagegen hat wirklich lange Zehen, fast schon Finger. Die Nägel müßten sie aber beide mal dringend schneiden.

Ein kleines Gasthaus liegt etwas abgesetzt vom Weg. Ein Hund kommt herbeigelaufen, begrüßt Kerfin als alten Kumpel und kriegt einen Tritt. Kerfin hat seine Wut, wie einen epileptischen Anfall, der wird alles vernichten und jeden, den Hund, ihn, der aber jähzornig ist und zurückschlägt und ans Ufer stürzt und hineintaucht in den rettenden See, eine Ballade aus der Schulzeit im Ohr, *Der Reiter schwang sich aufs Pferd, ohne den Kaffee abzuwarten*, nein, nicht aus der Schulzeit, klettert eine Böschung hoch, hält sich an verkohlten Grasbüscheln fest, schlägt hin, bleibt liegen. Kein Hund mehr zu hören, kein Kerfin mit den Zehen und der Wut und dem Anfall. Aus den Augen, aus dem Sinn. Wer heißt schon Kerfin. Bis Radolfzell zurück, das ist weit. An mehr muß er nicht denken.

An einem Morgen fühlte ich mich wieder gesund. Frohgemut, hatte viel zu erzählen. Olga machte dennoch Wadenwickel und hörte wenig zu.

»Als Kind habe ich Träume in Miniaturen notiert, recht pointillistisch: Tupfer von Erlebnissen. Andere erzählten mir, wie expressionistisch ihre Träume seien. Kleckse, riesengroß. Plakate. Plakatköpfe. Mein Lieblingsfilm ist *Sans Soleil*. Er führt von der

Farbe eines Blätterdachs der Ile Saint-Louis in Paris zum Kimonosaum von Mädchen in Tokio, die das *Fest der Zwanzigjährigen* feiern.«

Sie roch süß, zum Steinerweichen. Sie schmeckte und zerging mir auf der Zunge.

Und schließlich lachte Olga wieder mit mir.

»Erzähl mir was«, forderte sie und betonte die Jamben.

»Ich war zehn und heulte, weil ich etwas zerbrochen hatte und ausgeschimpft worden war, und ich versteckte mich im Garten des Großvaters, im Holzhäuschen hinterm Komposthaufen, und zum erstenmal stank es dort nicht, oder zum letztenmal? Ich hörte auf zu weinen und horchte und wartete. Und nichts geschah, und das war schön. Da redete ich schließlich, so vor mich hin: Ich warte, ich rede und schütte mein Herz aus. Und hatte eine kleine Weile lang eine Krone auf dem Kopf, obwohl mich Könige schon längst nicht mehr beeindruckten. Bestimmt war sie aus Papier, aus bunt bemaltem dicken, erträumten Papier.«

Olga

Erst viel später fiel mir ein, daß sich niemand eingemischt hatte. Einmal war ich in die Küche gekommen und Dora hatte beim Möhrenputzen innegehalten, als warte sie auf eine Erklärung. Ich war aber nur schweigend Tee kochen gegangen. Ich erinnerte mich auch an fragende Blicke von Jírina. Und als ich einmal mit einem Tablett in Geckos Zimmer hatte gehen wollen, war Schimmel an der Tür, ohne etwas zu sagen. Stumm war er den Flur entlang gegangen, im Bad verschwunden.

Ich hatte auch schlechte Erinnerungen. Ich sah Gecko Wein trinken wie Wasser. Er redete viel und Unsinniges. In solchen Situationen mied ich ihn, ich ekelte mich vor seinen unkontrollierten Bewegungen und Gesten. Seine Stimme sang dann. Am nächsten Morgen bestritt er alles, heftig, mit überschwenglichen Entschuldigungen und mit Zartheit. Sein schlechtes Gewissen trieb ihn zum Blumenladen. Er kaufte gern rote Rosen. Seine Liebe zum Kitsch. Er schaute mich verständnislos an, wenn ich sagte: »Du hast ein prima Gedächtnis: Du vergißt sofort.«

Am dritten Tag konnte ich seine höhnische Wehleidigkeit nicht länger ertragen.
Marieluise erbarmte sich. »Sprich dich ruhig aus«, sagte die liebe ältere Schwester und ging mit mir spazieren. Und da ich schwieg, blieb sie stehen und sah mich knapp an, knapp und kühl. »Der ist doch völlig daneben!«
Was ist das für eine Schwester, die einen niemals nicht in den Arm nimmt.
»Weinst du?«
Ich ging stracks weiter.
Da hielt sie mich schwesterlich fest. »Du siehst wirklich schlecht aus, du solltest auch an dich denken.«

Also gingen wir in einen Biergarten, bestellten Hefeweizen.
»Ich kenne das«, sagte Marieluise, »so neben sich stehen, so gar nicht mit sich eins.«
Jetzt klang es wie ein guter Ratschlag.
Ich befolgte ihren Rat und stellte mich neben mich.

Sie steht im Park und merkt, sie hat die falschen Zigaretten. Zwei zum Fürchten gutgekleidete Mädchen tauchen auf, die ihre Mohairpullover wie Brüste tragen.
Sie geht zur Straße zurück und nimmt sich ein Taxi. Sie sagt dem Fahrer, er möge ihr doch diese schöne Stadt zeigen, mehr als hundert Mark dürfe es aber nicht kosten. Unterwegs entscheidet sie sich für den nächstbesten Bahnhof und kauft eine ganze Stange Zigaretten. Und Briefmarken.
Hinter ihr eine junge Frau in Begleitung ihres Mannes, dem die Frau auf einmal was erzählt. »Mit dem hinter'm Schalter war ich mal zusammen. Pst.« Der Mann fragt mit zornrotem Gesicht: »Wann war das?« Die Frau sagt: »Das war doch vor deiner Zeit.« Wie sie an der Reihe sind, sagt die Frau zum Schalterbeamten: »Hallo«, und er erwidert: »So sieht man sich wieder.« Alle drei schauen auf den Ring an seiner Hand.
Auf dem ganzen Weg zur Bushaltestelle der Gedanke, wieso setzt mir das so zu, dieses winzige Ereignis, warum macht es mir zu schaffen. Was steckt in dieser Liebe, und was habe ich daran auszusetzen, daß es mir so im Kopf herum geht.
Ich beschloß, die Zeit der Rekonvaleszenz sei angebrochen. Ich mußte ihn unter Druck setzen, die Fenster öffnen, lüften, ihn in die Badewanne schmeißen, ja wirklich.
»Machst du jetzt was für die Kulissen oder hast du abgesagt?«
Er regte sich nicht.
Ich hätte beinahe gesagt. »Nein? Das sieht dir ähnlich.«
Stattdessen sagte ich: »Du mußt dich noch schonen.« Was viel schneidender klingt. »Marieluise hat schon danach gefragt.«

Er hob nun doch den Kopf.
»Die Lackiererin?«
Er simulierte nicht, aber er war auch nicht mehr wirklich krank. Ich ließ ihn möglichst viel allein und ging und stellte mich wieder neben mich.

Sie trifft sich jetzt häufig mit Marieluise. »Laß uns irgendwas unternehmen«, sagt sie ins Telefon, und die knöcherne Marieluise ist geschmeichelt. Jahrelang war sie eingefroren, diese Schwesternfreundschaft. Der Mann hatte Marieluise abgeschottet. Jetzt machen sie Urlaub von ihren Männern. Gegenüber flirtenden Paaren fühlen sie sich angenehm frei, wenn sie ausgehen. Wie Zoobesucher. Auf Männerkomplimente haben sie ein vergnügliches Arsenal pointierter Zurückweisungen, für Intellektuelle als Filigranarbeit. Wenn es bei Grobheiten nichts nützt, kehren sie den Spieß um, in der Derbheit besonders elegant. Wir sind heute zum Fürchten.
Marieluise holt sie zu einem Einkaufsbummel ab.
»Das großartigste Bild für Entwicklungen«, sagt Marieluise, »habe ich in einem Film von Kubrick gesehen. Die Ähnlichkeit der Form eines Urzeitknochens mit der Form eines Raumschiffes. Alle Entwicklungen sind sehr lange ganz flach. Scheinbar unlogisch gehen sie dann steil hoch.« Als Beispiel nennt sie die Verdopplung der Körner auf dem Schachbrett. Auf dem ersten Feld eins, auf dem zweiten zwei, auf dem dritten vier, auf dem vierten sechzehn, und rums ist man in den Billiarden.
Sie sagt nonchalant: »Zwischen ihm und mir ist das Verschweigen auf dem Sprung in die Steilkurve.« Sie benutzt wieder Vorsilben. Marieluise hütet sich vor Einmischung, sie macht allgemeine Betrachtungen. »Das menschliche Gehirn ist zweifellos noch in der flachen Phase seiner Entwicklung, und zwar leider ungleichzeitig zu den bereits begonnenen Steilphasen der Technik, die heutzutage Technologie heißt.«

Aus der Ungleichzeitigkeit ergeben sich zwangsläufig die Katastrophen.

Sie will Marieluise nicht mehr zuhören. Sie kauft blindlings drei Blusen, nur um schießlich wieder in ihren ausgeleierten Pullover zu kommen. Marieluise stiert neidisch auf die schwesterliche Nacktheit.

Und da stand ich mit einemmal nicht mehr neben mir.
Es kommt immer mehr Post für ihn, die ich sorgfältig auf seinem Schreibtisch sammle. Ich schaffe Ordnung, betrachte seine wertlosen Bilder an den Wänden. Die Raben im Kornfeld auf einer Postkarte. »Jetzt gehe ich Raben schießen«, sag ich und würde ihn gern zerbeißen.

Jetzt könnte ich verreisen, überlege ich mir, und dann unbehaglich: Jetzt sollte ich.

»Eine neue Wohnung wäre auch ein neuer Anfang«, sagt Marieluise. »Wärst halt nicht mit ihm zusammengezogen.«

Da beschaute ich mir Marieluise, lange und ohne Gefühl. Und bemühte mich auf einmal, Marieluise dazu anzuhalten, mehr aus sich zu machen. Wenigstens nicht mehr das eklige Haarspray zu benutzen.

Obwohl Marieluise ein Auto besitzt, fährt sie gern U-Bahn. Nachts nach der Spätvorstellung erreichen wir gerade noch die letzte, den Lumpensammler. Ich werde aufmerksam auf eine ältere Frau, die eine rote Einkaufstasche bei sich trägt und einen betrunkenen Mann beschimpft. Sie ist sehr erregt und wiederholt ein ums andere Mal: »Ich hab doch kein Wort gesagt, sag, daß ich kein Wort gesagt hab.« Ein rührseliger Zorn, der Mann schläft erschöpft ein.

Ich erzähle Marieluise, eine lächerliche Vorstellung erschrecke mich neuerdings: Ich und Gecko dehnen ein Gummiband.

»Ich sehe sogar Rautenmuster auf dem Gummi, kann es mir nicht erklären.«

Sie dehnen und dehnen sich, hängen an den Enden klein und schrumplig und entfernen sich Schritt für Schritt voneinander, lösen sich aber niemals, warten auf den albernen Moment, in dem das Band zurückschnappt und sie aufeinanderklatschen. Übergroße Scheren versuchen sich an dem rautengemusterten Gummiband, das sich nicht zerschnippeln läßt.

»Marieluise«, sage ich kläglich, »ich glaub, ich steh neben mir und das nicht zum ersten Mal.«

»Laß gut sein«, sagt Marieluise.

Sie straffen sich und sehen gut aus.

Am Sonnabend gehen sie Billard spielen. Ein Mann fährt Marieluise übers Haar. Sie sieht, daß Marieluise leidet. Da sagt sie sich: Dem Mann, dem schütte ich ohne weiteres das ganze Gläschen Tequila auf das Näschen.

»Das hat gesessen«, sagt Marieluise, bevor er ihr mitten ins Gesicht schlägt.

Sie gehen wortlos sich frischmachen. Auf dem Damenklo steht, warum Blondinenwitze so kurz seien. Damit die Männer sie sich überhaupt behalten können. Darunter: Männer sind wie Wale: großes Maul, immer im Tran, die Stärke im Schwanz. Darunter: Männer sind wie Haie. Durchgestrichen. Wie Flundern. Durchgestrichen. Frauen sind Forellen.

Alle haben sich verausgabt.

Der Metzgerskunde fragt, warum Hirn von Frauen billiger sei als Männerhirn. Weil Frauenhirn schon gebraucht sei.

»Wir haben uns verausgabt«, sagt Marieluise.

Sie erwidert: »Das versteh ich nicht, aber vielleicht irre ich mich auch.«

Ein Satz aus ihrem Lieblingsfilm, der heißt *Hellzapoppin*, in der deutschen Fassung *In der Hölle ist der Teufel los*.

Immer wieder verfällt sie in Depressionen und weiß, daß es Wut ist und keiner da, sie dran auszulassen. Dann sitzt sie in ihrem Zimmer, unfähig, das Geringste zu ändern, sucht Schutz im Dunkeln.

Ihrer Schwesterfreundin Marieluise verschweigt sie die Zustände. Ich bin zu stolz, von einer Frau Hilfe anzunehmen, stellt sie verblüfft fest.
Zur Strafe macht sie sich einen Tee, den sie kalt trinkt.
Gern wäre sie Lackiererin gewesen wie Marieluise. Oder Tischlerin. Stattdessen sitzt sie in einer Spedition, die mal revolutionär angefangen hatte, vielmehr hatte der Chef so angefangen, bis er wohlhabend wurde. Als Feigenblatt durfte der *Notruf für Frauen* kostenlos eine Ecke auf seinen Werbematerialien drucken. Eine Zeitlang, die kurz war.
Aber auch für sich findet sie schließlich eine Veränderung. Sie hat schon oft von dem kleinen Filmverleih gehört, in dem fast ausschließlich Frauen arbeiten. Natürlich ist es Zufall, daß sie eine Neue einstellen. Seit er so völlig daneben ist, tritt sie umso selbstsicherer auf, das war vorauszusehen. Erstaunt ist sie darüber, daß sie neuerdings charmant genannt wird. Sie bekommt die Stelle auf der Stelle. Charme ist meine neue Vorliebe, sagt sie sich heiter. Sie merkt, daß sie versehentlich Vorsilbe gesagt hat.

Mitten im Kino fällt ihr jäh ein, daß er irgendwann zu sich kommen wird. Also zu ihr. Sie vertrödelt ihre Zeit, statt zu überlegen, was sie will. Sie steht sofort auf, stößt an ein fremdes Knie, rennt endlich den Gang hinaus. Ihre Schwester Marieluise zerknüllt entgeistert die Chipstüte, läuft hinterher. »Was hast du denn?«
Draußen hat sie gar nichts mehr. »Mir war schwindlig«, sagt sie. Marieluise hat der Film an eine verflossene Liebe erinnert. »An einen ganz klebrigen Mann«, sagt sie. »So einer wie in dem Film, kennst du den Film, wo die eine Frau ihrer Freundin erzählt: ›Und dann hat er mir versprochen, mich niemals zu verlassen‹, und die andere schlägt die Hände überm Kopf zusammen. ›Das ist ja schrecklich.‹ So einer.«
»Marieluise«, sagt sie, »so genau will ich es gar nicht wissen. Nicht daß du mir den ganzen Film erzählst.«

Marieluise sagt, sie meine doch nicht den Film.

Marieluise wollte nicht mehr. Marieluise meinte, erst solle ich mich entscheiden.
Ach, Marieluise. Je länger die Krise dauert, umso mehr fürchtest du dich, in etwas hineingezogen, hineingerissen zu werden, was dich nichts angeht.
Daß eine katastrophale Versöhnung stattfinden werde. Daß sie die ganze Zeit mitleidlos ausgenutzt werde. Schließlich beiseite geschubst, wenn Gecko und ich flügelschlagend aufeinanderkrachten.
Marieluise wirkte wie ein kleines Mädchen, das befürchten muß, ihr weißes Sonntagskleidchen wird beschmutzt, und sie kann doch nichts dafür. Und dann nimmt man ihr die Puppe weg, sie war ihr nur geliehen, nicht geschenkt.
Aber ich stellte mich neben mich, ich hatte kein Gespür mehr für Marieluises halb ausgesprochene Ängste, ich brachte die Schwester immer wieder zum Lachen, das steckte ihr im Mund, ein Knebel.

Träume von aufgeschlitzten Sandburgen. Von einer entblößten Chaussee. Vom geerbten Küchentisch, an dem er bald säße und eine Kerbe schnitzte ins Holz.

Gecko nahm freiwillig meine Couch in der Nacht. Gegen Morgen wachte ich auf, da stand er über mir.
Im Reflex greift sie die Saftflasche, zerschlägt sie an der Wand neben sich, hält sie zum Schlag gegen ihn hoch. Er steht angezogen da, dreht sich jetzt, holt seine ausgebeulte, *von ihr mehrmals geflickte* Lederjacke vom Haken.
»Wir sind noch nicht zuende«, sagt er im Gehen. Sie hat nur die Angst, in neuer Gewohnheit charmant zu werden, preßt die Lippen.
Das Mittel gegen Gefühle für einen wären Gefühle für einen anderen.

Immerhin wird einem das beigebracht.
Wir werden nie loskommen, verklumpt wie wir sind. Ein großes Krötenweibchen auf dem Weg zum Teich, zur Begattung, das Weibchen hat ihn bei der Wanderung huckepack, ihn, den Kleineren, weniger Robusten. Wie hätte er sich zur Gewalttätigkeit hinreißen lassen, zur tragischen Schuld aufraffen können, lächerlich. Sie hätte ihn erschlagen.

Die Todesfälle sind die Happyends der Tragödien. Zumindest stirbt Gefühl ab, versteinert Lust, wird Verstand schizophren. Nichts da, keinen Ausweg mehr, kein lösendes Unglück.
Er – die Zecke in meinem Fleisch.

Die kalten Wickel betrachten. Etwas finden, was nicht nur Dienstleistung ist.
Etwas finden außer Widerstand oder Harmonie, außer Zuschauen und Nebensichstehn. Wenn man so lange Zuschauer war.
Am liebsten hätte ich darüber gesprochen.
Er strich Wörter auf dem Notizzettel aus: Die Bodensee-Felchen.
Er schrieb: Geträumte Felchen.
Da sagte ich zu ihm: »Komm wieder zu dir, Gecko.«
Er sagte: »Ich hab Angst, ich bitte dich, wir sollten schleunigst heiraten.«

Er wartete auf den Tee.
Ich sagte ihm, es habe eine ganze Woche gedauert. Und er bräuchte keinen Tee mehr zu trinken. Und wir sollten nichts übers Knie brechen.
Und dann strich ich ihm wahrhaftig übers Haar und wischte die gestrickte Mütze aus seinem Leben.
Er legte den Arm um mich. Ich zog die Schuhe an und sah uns nebeneinander im Flurspiegel. In dem flogen diese Wesen, die gar keine Fliegen sind, aber woher sollte ich wissen, was sie sind.

Nein, wir haben es nicht übers Knie gebrochen.
Statt das Aufgebot zu bestellen, ging ich in den Keller, einer Katze das Leben retten.
Die schrie die ganze Nacht, und ich hielt es zuerst für Brunst.
Ein auf die Knochen abgemagertes Stückchen Tier in meinen Armen.
»Das Tier kann nicht fressen.«
Es vertrug nur Wasser, das den Mund netzte, die Gedärme durchspülte und sofort hinten raus lief.
Am dritten Tag fraß die Katze und stand da und wartete auf irgend etwas.
Sie wartete auf ein Katzenklo.
»Dieses Tier ist unerwartet vornehm«, sagte Gecko.
»Aus bestem Stall.«
Ich beeilte mich, der Katze eine Schüssel voll Blumenerde herzurichten. Die Katze schaute.
Gecko sagte: »Das ist nicht ganz das Richtige, sagen ihre Augen. Aber immerhin, Ihr guter Wille sei anerkannt.«
»Ihr?«
Gecko wurde ein wenig verlegen. »Wir reden uns mit Sie an.«
»Zu mir verhält sie sich anders.«
»Unter Schwestern ist man nicht so.«
Sie verleitete mich sogar zu Boxkämpfen. Sie gewann immer, selbstverständlich.
Ehrlich gesagt, handelte es sich um eine ganz gewöhnliche Hauskatze. Grau getigerte gemeine Stubenkatze.
Gecko sagte: »Ich werde mich hüten, ihr das zu sagen.«
Er sprach zur Katze: »Der Fisch ist angeblich aus der Arktis. Hoffentlich fressen Sie nicht nur Blaufelchen.«
»Blaufelchen?« fragte ich. »Im Traum sprachst du von Karpfen.«
»Felchen«, sagte Gecko, »ich habe Felchen gemeint.«

Rose

Wir waren sehr mager.
Abends im Halbdunkel am See.
Lieblingsmelodie, die ich später haßte.
Wo wir uns finden wohl unter Linden ...
Nun Brüder eine gute Nacht ...
Und Kindergartenlieder. Geh aus mein Herz und suche Freud – in dem das geheimnisvolle alte Wort Tulipan vorkommt.
Augenblicke aus enger Kindergläubigkeit.
Das langsame Überrumpeltwerden – falls ich es so nennen darf – von Gottesdiensten.
Ein Laternenumzug von Kindern. Zum Fluß. Zum Strand.
Sich in den Sand einbuddeln und hoffen, das Wasser spült das alles weg.
Sich in Stücke schütteln.
Ängstlichkeit und trotzdem kühn sein wollen.
Die lustvolle Angst, weggespült zu werden.

Auf der Heimfahrt im Zug der heimliche Freund an mich geschmiegt, die ganze Fahrt über. Ob ich seitdem Zugfahren so liebe? Die Freundin mit im Abteil. Der andere, der offizielle Freund, wie ging das überhaupt aus? Er reiste in einem anderen Waggon. Hat es ihm gereicht, zwei oder drei Wochen ein Mädchen vorzuzeigen? Besitzen im Kindersinn – Arm rum, kommandieren, loslassen, essen gehen.
Auf dem Bahnhof die Mutter, typisch, die erste an der Tür – ich seh' sie immer noch die Tür aufreißen und mich mit dem Jungen zusammen, fast im Halbschlaf noch, oder müde vor zärtlichem Gefühl, auf der Bank liegen. Die Ohrfeige.
Sexuell war nichts, natürlich nichts mit diesem Jungen gewesen.
Die Freundin erschrak wie ich vor der schlagenden Hand, half mir beim Aussteigen von der Hand der Mutter weg, nahm mich

ein paar Meter beiseite und – küßte mir die Tränen weg, ja wahrhaftig.

Den Kopf in den Sand stecken, die Bettdecke über die Ohren ziehen, die Wimpern senken als Einleitung, dann der gelangweilte Augenaufschlag römischer Senatoren und klassischer Kurtisanen. Oder von Türstehern und Rausschmeißern.
Mitten in einem harmlosen Gespräch entstehen mir zuweilen Fratzenbilder, entstehen in der einsetzenden Trance von Hustenanfällen.
Asthmatiker berichten mir davon, Erlebnisse am Ende von LSD-Trips sind ähnlich, auch die Kombination Stirnhöhlenvereiterung, Alkohol und Zigaretten mit viel Kohlenmonoxyd.
Sekundenbruchteile mit Bildern, vielen Bildern gefüllt, kindheitsfern – masochistisch in der Art, in der nur Leidende das sadistische Handwerk beherrschen, während sie von völlig unwissenden, völlig blöden Normalen gepiesackt werden, die mangels Neuartigem zu Tätern aufgestiegen sind.
Klinikpersonal. Hustenanfälle.

Ich hatte mir oft überlegt, ich sollte mir die Zeit nehmen, zu diesem Kinderheim hinzufahren, weil ich so wenige bildliche Eindrücke davon habe, was ja seltsam ist.
Ich kann mich an kaum einen der Menschen erinnern, mit denen ich sechs Wochen zugebracht hatte, an keinen Raum, kein Portal, keine Hauswand.
Was ich noch wußte: Der offizielle Freund hatte eine dünne, lange Nase und einen dazu passenden schmalen, sehr großen Mund und einen langen Hals, während der heimliche Freund natürlich eine kleine, breite Stupsnase und einen dicken Mund hatte. Doch schon die Augenfarbe ist vergessen. Die Gestalt auch.
Und bei der Erinnerung an die Freundin ist es umgekehrt schäbig: Kaum ein Eindruck von ihrem Gesicht mehr, von der Frisur, dem

Blick, nur daß sie schon einen recht deutlichen Busen hatte und viel stärkere Brustwarzen als ich und unten ganz trocken, und es war uns peinlich, daß ich so eine Sabberliese war.

Nach zwanzig Jahren fuhr ich vor dem einsam gelegenen Gebäudekomplex vor und klopfte beim Portier. Nein, sagte der, Freudenholm sei kein Kinderheim mehr. Hier würden Alkoholentziehungskuren durchgeführt.
Der Abend danach. Die Nacht durchgesoffen. Einen Arm um mich. Es brauchte sich nur einer für mich zu interessieren, das war alles, was ich da verlangte. Eine schlechte Bedingung.
Eine Liebe für mehrere Jahre. Auch Fachschullehrer haben Alkoholprobleme.

Als Kind sich kuscheln in geträumte arabische Zelte, unterm Eßtisch, die Freundin würgen. Spielt ihr schön? Ja, Mutti. Die gewürgte Freundin bewundern.
Ich bin eingetrocknet, ein Zunder, ein Schwamm.
Ich müßte mehr Speichel herstellen.
Bei der geringsten Berührung könnte ich zerbröseln.
Der heimliche Freund hatte in jedem seiner runden Nasenlöcher sehr deutlich eine lila Ader.

Gecko

Einen Arm aufgestützt, lag Olga auf dem Kanapee und sprach mit mir, in allem ein wenig distanziert, doch völlig unversteckt.
»Vertrauen ist eine Unmöglichkeit«, sagte sie. »Vertrauen kannst du nicht spüren. Spüren kannst du nur Angst.«
Wir kannten uns noch nicht lange genug; altgediente Paare haben einen gekonnten Schwung beim Sortieren, Klassifizieren und Begutachten von Empfindungen, die sie aneinander kennen oder kenntlich machen.
»Woher mag die Katze kommen?«
Jemand hatte sie ausgesetzt. Ein Geburtstagsgeschenk für die lieben Kleinen, und die wollen bald nicht mehr.
Wir schrieben Zettel und klebten sie an alle Straßenmasten. Niemand wollte das Tier wiederhaben.
»Ich hätte sie auch nicht mehr hergegeben«, sagte ich hinterher.
Olga wußte, daß die Katze daher kam, wo wir immer hinwollten, von den Galápagos-Inseln. »Nein«, korrigierte sich Olga, »du ja nicht, du kriegst den Arsch ja nicht hoch, aber ich, ich hätte nicht nur drüber geredet, ich wäre gerne mal so weit gereist.«
»Sowas tut man nicht«, schimpfte ich, »Tourismus auf Galápagos, das ist das Ende. El Niño ist ja schon schlimm genug.«
»Was ist mit El Niño?«
Dazu besaß ich einen Zettelkasten.
Zettel Galápagos: Die Bedrohung durch fremde Arten. Eingeschleppte Ratten und Katzen. Auch die vom Festland importierten Feuerameisen erobern immer größere Gebiete für sich.
»Was ist denn nun mit El Niño?«
Auf der Rückseite. Die Rückseite ist eigentlich die Vorderseite. Die außergewöhnlich warme Witterung begünstigt die eingeschleppten fremden Arten. Schon beim vorigen El Niño starben 70 % der heimischen Meerechsen, 80 % der Pinguine und 45 % der ausschließlich dort lebenden flugunfähigen Kormorane.

Olga beobachtete mich am Zettelkasten.
»Den Grund findest du heute sicher nicht mehr.« Sie küßte mich.
Sie verstand es in dieser Zeit, Liebe aus dem Stand zu machen wie niemand sonst.
Danach hörte ich, daß sie schon ihres Weges gegangen war: Aus ihrem Zimmer war eine Weile ihr Gesang zu hören.
Dann war Stille.

Olga schrie vom Balkon her.
Ich eilte. »Du hast die Katze geweckt, was ist denn?«
»Die Ameisen sind auch am Flieder.«
Nach der Änderung der Ameisenstraße zündeten wir Kerzen an und hörten Musik. Olga erzählte von einem Hitzetag auf der maltesischen Insel Gozo. In einer Tempelruine sprach sie leise zu den träumenden Mücken. Bis ein Trupp aus Neumünster einfiel. »Da träumten die Mücken einfach zwei Meter höher.«
»Auf Mallorca«, erzählte ich, »war es der Kegelclub Reutlingen, der in die Ortschaft Orient einmarschierte. Aus der Traum.«
»Du darfst mich heute nicht so anschauen«, befahl Olga, »ich bin erkältet, ich sehe schrecklich aus.«
Und ich mit meinen schlechten Augen, dieser Altersweitsicht, sagte: »Dann bleib ganz nah an mir dran.«
»Mir ist aber gerade nach Schlafengehen zumute.«
Vielleicht sagte sie auch: »Kommst du bald? Aber ich lese.«
Natürlich ging auch die Katze mit ihr schlafen.
Ich hätte den Zettelkasten wegstellen sollen.

Rapid eye movement, las ich, es ging um die Schlafphase, die in der Fachsprache REM-Schlaf heißt. Schnelle Augenbewegungen sind beim Schläfer zu sehen. Untersucht wird, ob diese schnellen Augenbewegungen Traumbilder verursachen. Die Grausamkeiten werden in nüchterner, sachlicher, harmloser Sprache berichtet.

»Da die ungewöhnliche elektrische Aktivität des visuellen Systems, die den REM-Schlaf charakterisiert, auch nach Entfernung der Augen und extraokulären Muskeln beim Versuchstier bestehen bleiben, ist es klar, daß den Augenbewegungen diese Aktivität nicht zuzuschreiben ist.« Sie foltern Tiere für ein Nichts an Erkenntnis. Sie können auch die Frage nicht beantworten, ob ein psychisches Erlebnis der Grund für die Augenbewegungen ist, sie schreiben, daß »Augenbewegungen auch während des Schlafs von Katzen auftreten, denen die höheren Gehirnzentren entfernt worden sind.« Ein Forscher spekuliert, man träume nur aus technischen Gründen, wegen der, wie er es nennt, Reizzufuhr von außen auf die Netzhaut.

Ein Blick hoch zum neuen Mond.
Ein Mädchen spielt allein. Das Mädchen ist in seiner eigenen Welt, es heiratet gerade die Puppe. Zwei Teddybären sind die Trauzeugen. Das Mädchen spielt, und unterbricht sich mit einemmal. »Mutti, ich hab Durst.«
Nachdem das Mädchen getrunken hat, kehrt es zurück. Jetzt heiratet es einen Teddybär.

Ein unruhiger Schlaf. Die Geliebte betrachten. Olga hörte mit den schnellen Augenbewegungen auf und unterbrach ihren Schlaf, um mir von Tante Elisabeth zu erzählen. Damals, als Elisabeth jung war, hungerten die Leute auf der Alb. Sie schälten Rinde von den Bäumen, buken Brot aus Rindenmehl mit ein wenig Dinkel. Und sie träumte in der Kammer und beim Schafhüten. Und ihr fiel auf, daß sie von keiner berühmten Frau wußte, die geträumt hätte wie die berühmten Männer, die geträumt hatten: vom Taugenichts, der träumte: »Die Jungfer, die mir vorhin die Rose geschenkt hatte, war jung, schön und reich – ich konnte da mein Glück machen, eh man die Hand umkehrte.« Candide, der träumte: »Kommt man in der einen Welt nicht auf seine Kosten, dann eben in einer anderen.« Simplicissimus, der träumte: »Aber meine Begierden, von dieser Sonne mehr beschienen zu werden, ließen mich drum nicht in meiner Einsamkeit, die ich mir erwählte, sondern machten, daß ich den Gesang der Nachtigallen nicht höher achtete als ein Geheul der Wölfe.« Und sie wollte berühmt werden, sie wollte solche Träume haben. Solche wie Kannitverstan und wie der Mann mit dem Herz aus Stein.

»Und dann«, sagte sie, »hab ich Pierre getroffen, er war Elsässer. Das war kein Traum, aber es war eine fremde Utopie. Pierre sagte, ›Frankreich und Deutschland gibt es gar nicht, es gibt das Elsaß, den Bodensee, die Bretagne, Sardinien, Mähren.‹« Dann zog er nach Zürich, und sie zog mit und wußte gleich nicht mehr, ob sie seine Regionen anzogen oder sein Dada oder doch nur sein Schnurrbart. Sie lachte über seine Kunst, und er lachte mit und rümpfte doch über sie die Nase. Sie sagte: »Ich hab mich dann für Pierre entschieden, so wie er konnte keiner die Nase rümpfen.«

Auf dem Klo träumte ich halbwach vom römischen Jüngling Enkolpius, der träumte: »Ja, geht nur, ihr Sterblichen, und schwellt eure Brust mit großen Gedanken! Warum kommt ihr in meine Kammer wie zu einem neu errichteten Scheiterhaufen?«
Später standen sie nackt und bloß in der offenen Badtür. Vorne Olga, hinten die Katze. Sie schienen wie aus einem Mund zu sprechen.
»Ach du liest.«
Die Zeit hätten wir nutzen können.
Man macht ja immer das Unwichtigste zuerst.
»Ich lese, was ein Mann über sich sagt und was eine Frau über ihn sagt. Er heißt Eichinger, er sagt: *Ich bin stark in der Attacke. Ich bin hypersensibel. Ich spiele nicht, weder privat noch geschäftlich. Wenn ich einen Deal oder eine Frau haben will, tändele ich nicht herum. Ich hasse Flirts. Mich interessiert nur nackter,*

direkter Sex. Ich bin superegoistisch. Ich bin kein Macho, ich bin ein Mann.«
»Typischer Spieler«, urteilte Olga und erwartete, daß ich ins Bett käme.
»Das sagt die Frau auch«, berichtete ich, »die heißt Toni und erklärt: *Für mich ist er ein Gambler. Seine Spielernatur zeigt sich auch bei mir im Lokal, wenn er dieses Bierdeckelschnappen spielt.*«
»Und dafür sitzt du so lange?«
Sie drückte mich nieder, gerade als ich mich erheben wollte. Sie rückte sich meinen Kopf zurecht. Die Katze behauptete, überhaupt nicht hierher gewollt zu haben. Sie entfernte sich mit ihren lautesten Schritten.

Montagabend: »Ich würd doch gern was für deine Schwester Marieluise pinseln.«
»Weil es meine Schwester ist?«
»Ich brauche Geld. Die werden doch zahlen?«
»Ich hab bei ihnen mal Buchhaltung erledigt, als Schwangerschaftsvertretung. Die haben gezahlt. Im Filmverleih krieg ich weniger. Und zum Quartalsende bin ich sowieso wieder gefeuert. Die sind längst insolvent.«
Das Wort Schwangerschaftsvertretung ging mir die ganze Woche lang im Kopf herum.
Einen Montag später. »Deine Entwürfe haben Marieluise gefallen.«
Ihre Schwester war's, die mich aufgefordert hatte, mir bühnenbildnerische Gedanken zu machen. Obwohl ihr Mann milde abwinken wollte. Der, hieß der Wink, hat doch ewig nichts mehr gemacht.
»Kerfin meint, sowas sei freilich noch ein wenig ein Fremdkörper, bei ihrer Konzeption.«
Ich machte mich ausgehbereit und stand mit untergeklemmten Entwürfen vor Olga.

»Fremd? Auch ein Schwager ist ein Fremder. Ich weiß nicht, wo ich das her hab.«
»Tu mir nur den Gefallen und führ dich nicht besserwisserisch auf.«
»Was meint der überhaupt mit Fremdkörper?«
»Genau so sollst du dich nicht aufführen, das meine ich.«

»Also.« Der Schwager erklärte das Bühnenbild, das im Entstehen war.
»Du weißt ja, wie das mit freien Producern ist. Wenn die was anfangen, soll es billig und kompliziert sein.«
Marieluise wurde konkreter. Der Sinn sei, assoziativ zu sein, zu zeigen, daß in einer Assoziation andere Assoziationen stecken. Sie sagte beinhalten.
»Das Unbewußte assoziiert sich mit dem Halbbewußten. Und so weiter.«
»Gut«, sagte ich, »wir setzen was rein, in das wir was reinsetzen, in das man was reinsetzt und so fort.«
»Ist auch nicht gerade neu erfunden«, sagte der Schwager.
Marieluise erinnerte es an die russische Puppe. Matrjoschka.
Und Olga erinnerte es an die russische Verwandte. Die hatte so eine Puppe, in der eine Puppe ist, in der eine Puppe ist.
Schwager Kerfin rief hinter einer Kulisse, das werde einem am Brandenburger Tor aufgeschwatzt, dazu brauche man keine russische Verwandte.
Marieluise aber fragte: »Passiert dir das auch manchmal, daß du etwas hörst oder riechst und du hörst es gar nicht, nicht wirklich, weil dich das an etwas längst Vergangenes erinnert, und du erlebst die Erinnerung, aber nicht die Gegenwart?«
Ich hörte ihr nicht richtig zu, denn ich erinnerte mich an etwas längst Vergangenes: Wie eine Freundin mich fragte: »Passiert dir das auch, daß dich etwas, was du hörst, an was ganz anderes von früher erinnert?« Und ich wußte noch, daß ich ihr nicht richtig

zugehört hatte, denn während sie sprach, erinnerte ich mich an meine älteste Schwester, die mich kleinen Jungen mal gefragt hatte: »Kennst du das schon, du hörst was und hörst gar nicht richtig zu, weil es dich an was erinnert?« Da hatte ich noch richtig zugehört. Denn es gab noch keine Erinnerung. Wir waren auf dem Weg zu ihrem Freund, und ich mußte als Anstandswauwau mitgehen. Sie seufzte fürchterlich. Noch heute höre ich, wenn ich jemanden seufzen höre, meine älteste Schwester auf dem Weg zu ihrem Liebhaber und den kleinen Bruder an der Hand – seufzen. Kerfin kam aus den Kulissen, an die Rampe sozusagen. »Mach das ja nicht mit Puppen, das wär furchtbar plakativ.«

Wir stiegen aus dem Bus aus. Olga sagte unvermittelt: »Bilder suchen, die nicht mit Bedeutung zugestopft sind.«
Und ich sagte: »Gehn wir ein bißchen spazieren?«
»Was hättest du gern noch einmal erlebt, wieder erlebt?«
Sie pflückte eine Brennessel. »Hast du viel versäumt?«
Die Brenneseln rochen wie früher.
Olga setzte sich auf einen kalten Baumstumpf. Es genügte eine Wolke oder das Blau zwischen den Wolken, schon erzählte sie von Malta. Sie kitzelte sich mit der Brennessel.
»In Naxxar gibt es einen Steinbruch, der nicht mehr benutzt wird. Ein riesiges, tiefes Loch, in das jemand illegal eines Nachts Zement abladen ließ, tonnenweise, riesige Mengen von überflüssigem Zement, und das sickert jetzt langsam ins Grundwasser, mitten in einer Ortschaft. In dieser Zementlandschaft steht aufrecht ein Autoreifen, festgeklebt. Man könnte Tische und Stühle aus der Paris Bar von Charlottenburg hierherstellen, Sekt trinken und ein neues After Shave kreieren.«
Ich sagte, ich wüßte jetzt, was ich Marieluise und Kerfin anbieten könne. »Ich werde mich an einer ungewaschenen Wiese versuchen.«
»Ich ging mit meiner Freundin Ebba spazieren«, erzählte Olga. »Sie ist eine Deutsche, mit einem Malteser verheiratet, sie leben

in Naxxar. Ich glaube, was sie mehr als die Ehe in Malta hält, ist das Licht, denn sie malt. Wir standen in einem Feld. Wir blickten über die Hügel und Dörfer zum Horizont, der sehr dünn Meer und Himmel trennte. Ebba hatte ihren Hund dabei, der Otto hieß. Warum ist er denn so unruhig? fragte ich Ebba, und da kam ein Malteser mit Hund und Gewehr, ein Mann, der unbedingt da wo wir standen Vögel schießen wollte, und zwar dringlichst, bevor ihm die Mannesdrüsen barsten. Und Otto biß nicht ihn, sondern den fremden Hund ins Geläuf und pieselte dann zufrieden in ein steinernes Grab, das römisch oder punisch war. Hinter dem Hügel Pellegrin ging der rote Sonnenkreis unter den Horizont. Da es gar zu feierlich wurde, rülpste Hund Otto.«

In der Küche.
»Wir haben kein Geld zum Ausbau«, sagte Olga. »Konstanze hat.«
»Wer ist Konstanze?« fragte Schimmel.
»Die aus Kiel«, erklärte ich ungefragt. Alle schwiegen betreten, als Olga vorschlug, Konstanze den Dachstock anzubieten. Keiner wollte zugeben, wie klamm er war.
Konstanze kam zu Besuch, überschlug mit dem Daumen, war einverstanden und ließ im Handumdrehen bauen. Kaum war sie eingezogen, mochten wir sie alle.
Und Champagner war ihr Feierabendbeitrag.

In der Küche. Konstanze war als erste beschwipst.
»In Paris hatte ich wenigstens Cohn-Bendit auf die roten Locken geküßt. In Kiel gab's rein gar nichts. Außer daß der einzige männliche Stamm-WGler den Spitznamen Lenin hatte. Aber nur wegen seiner Glatze. Und mit dem Gesicht. Er hat sich für nichts interessiert außer für die alten Wikinger. In Paris hatten wir einen flüchtenden de Gaulle erlebt, der Staat hat gewankt, ja wirklich. Und in Kiel war ich immer noch die Pastorentochter. Also bloß weg da.«

Olga biß mir ins Ohr, flüsterte. Ich sei überfällig.
»Olga sagt, du warst mal Erzieherin.«
»Ich hab keine richtige Ausbildung, ich war in einem Alternativ-Kinderladen. Und dann war ich selbst schwanger. Ben war 'ne leichte Geburt. Der Vater dazu war echt kämpferisch, der war noch kämpferisch, als die RAF längst in die DDR abgehauen war, da kämpfte der noch, gegen seine Leber. Die Familie ernährte ich. Bis Ben aus dem Haus war. Der war schon mit sechzehn ganz selbständig.«
»Und was macht dein Ben?«
»Ich glaub, der schreibt seine Memoiren. Ich hab ihn so geliebt. Ich kann ihn einfach nicht ausstehen. Diese Generation hat nicht nur nichts erlebt, sondern bei aller Geschwätzigkeit auch nichts zu sagen. Was wolltest du wissen?«
»Nichts.«
Das Haus hatte drei Balkone. Olga und ich besaßen den kleinsten. Er hatte kein Licht.
Lange las ich nachts bei Kerzenschein. Das fand ich ganz unpassend. Ich legte mir ein Lämpchen auf den Balkon, zog von der weit entfernten Steckdose ein Kabel. Schon hatte ich ein unromantisches Licht.
Und die Tür klemmte.
Die Katze half dem Flieder Wasser trinken. Ich hörte Geräusche, Stimmen, vor allem aus der Küche, da saßen Tag und Nacht Mitbewohner, ich hörte Dora, ich hörte Schimmel am lautesten. Ich hörte, ich horchte nicht. Dann gewöhnte ich mich daran, zuhören zu müssen. Gewöhnte mich und vergaß es. Schließlich fing ich gar an zu horchen, hinauszuhorchen über das, was ich zu hören bekam. Da begann irgendwo in der Nachbarschaft eine Frau zu singen. Ich erschrecke immer, wenn jemand singt und Gitarre spielt. Seit den sechziger Jahren erschrecke ich; ich befürchte jedesmal, gleich werden wieder der Wind und die Blumen etwas Unsägliches miteinander tun.

Die Katze würgte. Ich würde endlich Katzengras kaufen müssen. Über die Straße hinweg sah ich die Nachbarn, die wenigsten waren Einheimische, Gardinen waren verpönt. Im Neubau warf die Dicke, nackt und füllig, einen Typ aus dem Bett. Später ging er die Straße auf und ab und rauchte. Die Dicke schniefte wütend hinterm offenen Erkerfenster. Wir betrachteten uns kurz und – schamlos wäre zu psychologisch.
Olga war nicht aufgewacht, die Tür zu ihrem Zimmer war zu, ich hatte schon wieder den Spalt vergessen für die Katze. Wie bellt man den Mond an?

Immer wieder die Sehnsucht nach der Stadt. Bummeln mit Olga. Ein Zelt steht Unter den Linden. während Friedrich der Große und sein Pferd zum Restaurieren abgeholt wurden. Der geniale Harnoncourt dirigiert die Wiener Philharmoniker. Zum ersten Mal ist selbst die Tritsch-Tratsch-Polka in der Originalfassung zu genießen.
Dann Walzerseligkeit und Can-Can. Im Weinkeller *Fridericus* gibt's als Dinner »Pariser Geheimnis«. Die Weine sind gottsallmächtig schlecht, aber was ist ein Pariser Geheimnis?

Die Küchengespräche setzten sich jetzt im Dachstuhl fort, der nach Stahl, Glas und sündhaftem Parfüm roch. Konstanze hatte noch eine Flasche Champagner. Daß das nicht zur Gewohnheit werde, sei klar.
»Die Scheidungsprozedur dauerte Jahre, mein Ex-Thomas blockierte das, der brachte keine Unterlagen über die Sozialversicherung, und das ist ja heute wichtiger für die Scheidung als die Ehe selbst. Ich hab Arzt- und Liebesromane geschrieben, so als Ghostwriter, du kennst doch diese Heftchen. Und dann fing das mit den Prügeln an. Deshalb bin ich ja von ihm weg. Mit meinem Seitensprung, der verhalf mir zum Job bei einem Producer. Tom verfolgt mich die ganzen Jahre.

Dora war jetzt auch bedudelt. »Wenn wir ein Ranking machen, muß ich sagen, du hast dich also doch noch ganz gut hochgerankt.«
»Quatsch. Der Seitensprung war nur'n Einstand. One night stand, was man anscheinend nicht übersetzen kann.«
Dora meinte: »Ich kann's mir schon.«
Das überging Konstanze, indem sie göttlich die Nase hochzog und grüne Fingernägel auf Olgas Silberarmband legte. »Hübsch. Den Rest kennst du ja, Olgadarling. Hat zwei Jahre gedauert, bis zur hochbezahlten und gestressten Script Editor Fachfrau. Und den Mann im Nacken.«
»Und was macht ein Script Editor?« Dora wußte es wirklich nicht.
»In einem südkoreanischen Film gibt es eine Straße, die heißt ungefähr »Straße, in der Laub liegt«. Wie übersetzt man das!«
Schimmel dachte, das sei eine Frage. »Übersetz doch: Herbstblätter.«
»Einer hat es dann so synchronisiert: In Seoul lesen junge Mädchen im Herbst in der Straße des Laubabfalls ihre Träume auf.«
Dora: »Ist ja Scheiße. Laubabfall.«
Damit kam sie bei Konstanze gut an. »Da pulsiert doch nichts, gar nichts.«

Pariser Geheimnis. Please do not feed the birds, steht im Biergarten. Olga geht fragen, nach dem Geheimnis. Und, frag ich, wie sie zurückkommt. Was und, sagt sie. Sie hat es vergessen, sie stand eine geschlagene halbe Stunde am Klo an. Statt Biergarten und Neuer Wache war hier früher der Stinkerte Graben. Um 1820 adressiert Kronprinz Friedrich Wilhelm einen Brief an seine Schwester Luise, die im Prinzessinnenpalais wohnt: »An die Prinzessin Luise, wohnhaft am stinkerigen Graben«. In Luises Keller gibt es heute das Pariser Geheimnis.
Als ich klein war, hat Mutter manchmal Fleisch für den Sonntag gekauft. Kuheuter. Ewiglang gekocht und gewaschen und

geschnitten. In der Pfanne hieß das scheibchenweise »Pariser Schnitzel«.

»Ich bin die Älteste in der Crew«, sagte Konstanze. »Gerade mal vier Wochen ist es her, daß eine neue Producerin vor meiner Nase sitzt. Dreißig, und aus Halle an der Saale, ich bitte dich. Und die schmeißt hurtig alle Grufties raus. Die freien Autoren über dreißig sind schon weg, die haben tägliche Kündigungsfrist, ich Urgestein einen Monat. Ich weiß nicht, wo ich dann'n Job finden soll, wahrhaftig nicht, Olga.«
Ich ertappte Schimmel, wie er die Einrichtung fixierte. Ob die schon bezahlt ist. Konstanze beobachtete mich, ihr Blick folgte meinem. Sie lachte Schimmel an. »Die Handwerkerrechnungen sind schon gelöhnt, mein Lieber.«
Olga stellte die Champagnerflasche auf den Kopf und tröpfelte sich den Rest auf die Zungenspitze. »Na, dann geh schleunigst in den Garten, eine Straße des Laubabfalls anlegen, und keine virtuelle, Konstanze Fredersen.«
Schimmel tat, als habe er nicht ans Geld gedacht, sondern Konstanzes Zeitschriften betrachtet. Eine nahm er schon in die Hand, blätterte und sinnierte.
Taktierte richtig: Schon nahm Konstanze ihn wieder ernst.
»Ist da was?«
Er legte das Blatt gleich wieder ab. »Der Sohn von Dutschke erzählt in einem Interview, er lebe mit Frau und Kindern als bürgerliche Kleinfamilie.«
»Wie kommt der jetzt darauf?« Konstanze war irritiert.
Schimmel: »Im Prinzip, sagt er, ganz konventionell, aber wir haben überlegt, mit zwei anderen Familien zusammenzuziehen. Ich würde es, sagt er, aber nicht gleich Kommune nennen, eher Zweckgemeinschaft.«
Dora sagte, sie hole noch was zu trinken. Schon halb an der Treppe: »Ich frag mich allmählich auch, wieso wir zusammen sind.«

Schimmel: »Das Sein bestimmt das Bewußtsein. Hat Dutschke junior hinzugefügt.«
Fast wär' mir rausgerutscht: Ich kann's nicht mehr hören. Das Sein bestimmt das Bewußtsein.
»Gecko verfärbt sich«, sagte Olga, und zu mir: »Was hast du denn?«
»Ja, ich erinnere mich, wie ich früher immer in den dicken blauen Marx-Engels-Bänden nach diesem heiligen Satz gesucht habe, vergeblich, nie gefunden. Marx hat ihn nämlich nie so geschrieben. Engels auch nicht.«
Editorin Konstanze blies Rauchkringel. »Ein abgestandenes Thema, mein Lieber. Irgendwo müssen sie's ja geschrieben haben, wenn's alle Welt nachplapperte.«
»Sie hatten nur Beziehungen untersucht. Der Wortverdreher Lenin hatte daraus eine sogenannte Ursprungspriorität konstruiert. Der Marx'sche Zentralsatz ist in Wahrheit eine Formulierung Lenins. Der schob sie Marx unter, damit keiner zweifle. Lenin war ein notorischer Lügner.«
Jetzt hätte ich aufstehen und gehn können. Ich hatte auch nichts mehr zu rauchen und mag keine Filter. Da kam aber schon Dora zurück, mit Pernod, mit frischen Gläsern, mit meinen Rothhändle. Und einer Fortsetzung des ja zumindest abgehangenen Themas.
»Ihr habt doch drei, vier, hundert Vietnams gewollt.«
Ich war's nicht, der da antwortete, es war Schimmel. »Ich hab Jimi Hendrix gewollt.«

Olga kam spät in der Nacht vom Gespräch mit Konstanze, spät, aber sie stieg zu mir ins Bett.
»Ich glaube nicht, daß wir das Haus halten können.«
»Soll ich was auflegen? Madonna oder so.«
»Laß mich, ich will nicht.«
»Komm, das wär doch gelacht.« Ich sprach's in die Matratzengeräusche.

»Na, dann *komm* doch einfach.«
»Es soll Viagra auch für Frauen geben, neuerdings.«
»Soll auch andere Männer für Frauen geben, neuerdings.«
»Wir müssen unbedingt über uns reden.«
»Ach?«
Sie schlief unvermittelt ein.
»Hat Zeit bis zum Frühstück«, murmelte ich ihr hinterher.

Olga zerschmetterte ihr Frühstücksei. »Du hast nicht zugehört.«
»Doch«, behauptete ich. Ich schaute ihr auf die Butter. Sie nahm viel weniger Butter als ich, ich schmiere sie dick und fett aufs Brot. »Natürlich habe ich dir zugehört. Du hast von Sindbad dem Seefahrer geträumt, sagtest du.«
»Nein«, sagte sie, »ich habe von Bildern zur Stimme meiner Schwester Rose geträumt, die mir Abenteuer von Sindbad erzählte.«
Sie nahm doch noch eine Winzigkeit Butter.
»Erzähl mir von deiner Schwester Rose.«
Sie erzähle nie, weil sie nicht wüßte was. »Sie hat in Stuttgart gelebt und nach Wien geheiratet und war in Kliniken und in fremden Ländern, und dann wieder auf der Alb, da, wo wir herkommen, ach frag mich nicht, ich hab ihr so oft geschrieben.«
Sie stand auf. »Eines Tages kommt sie von allein.« Sie schaute mich an. »Oder heißt es: von selber?«
»Sie ist ja da. In deinen Träumen«, sagte ich, als nütze das was.
»Komm«, sagte Olga und zupfte mich am Ärmel wie die Katze zu tun pflegt, »komm, wir sollten endlich mal wieder ins Grüne.«
Es war Nachmittag, es war sonnig, es war ganz ausgeschlossen, nein zu sagen und im verrauchten Zimmer rumzuhocken und auf das unangenehme Rumpeln im Bauch zu horchen.
»Mein Fahrrad ist kaputt.«
Sie lachte. Und wir fuhren mit dem Bus in die City, zur Siegessäule auf dem Großen Stern, wir stapften die Stufen hinauf zur

kaltschnäuzig genannten Goldelse, schauten in die abzweigenden Alleen hinab. Verschnauften in lieben Gedanken beim Abendlicht.

Generäle streckten uns die Zungen heraus. Da hüpften wir auf dem linken Bein bis zur Luisen-Insel, rund um die Blumenrabatten auf dem rechten Bein. Auf der Ahornallee rauchte Olga beidhändig. Ich sollte ihr derweil Radschlagen vorführen. Denn das wirkte lächerlich, das wußte sie schon im voraus. Bis zum Haus der Kulturen der Welt lächelte sie gnadenreich über mich.

Zwischen den vielen Menschen an diesem Abend, einem afrikanischen Fest, verlor sich mein Grübeln in einem babylonischen Stimmenschwirren.

Trommeln an der Spree. Fackeln und Tanz.

»Da winkt dir einer«, sagte Olga, während ihre Beine von der Brüstung in die Spree baumelten. Es sah aus, als winkten ihre Füße.

Vom Kiosk näherte sich einer, der mich zu kennen schien.

»Bist du nicht der Laderer? Warst du nicht mal Bühnenbildner? Hättest du nicht mal wieder Lust, sowas zu machen? Geld haben wir eigentlich keins.«

Und ich erwiderte: »Zeit hab' ich eigentlich keine.«

Olga kicherte, und wir kicherten mit und tauschten wenigstens die Telefonnummern aus, und alle gingen wir wieder tanzen, als sei nichts gewesen.

»Ich hab mich verkühlt.«

Olga fand das komisch. Sie fing an, mich zu streicheln.

Das Carillon, an der John-Foster-Dulles-Allee, reckte sich vor den Wolken hoch, wie ein Bühnenbild.

Rose

Die Oma in Blaubeuren las gern Mörike vor. Das waren meine schönsten Ferientage.

»Heut war ich wieder am Blautopf«, berichtete ich der Oma, und sie erzählte sofort: »Zuunterst auf dem Grund saß ehemals eine Wasserfrau mit langen fließenden Haaren.«

»Gesehen hab ich sie!« berichtete ich der Oma, aber sie drohte mir mit dem Finger.

»Du hast geträumt.«

»Zuunterst auf dem Grund«, sagte ich, »und dann ist sie fortgeschwommen, in die Blau ist sie geschwommen. – Nein«, sagte ich, denn ich hatte es mir anders überlegt, »in die Höhlen ist sie geschwommen.«

Höhlen gab es, die Oma hatte davon erzählt. »Die ganze Alb ist voller Höhlen, wo man nix sieht und nix hört. Wo es Grottenolme gibt, ohne Augen und ohne Ohren.«

Und weil ich so erschrak über die Grottenolme ohne Ohren, ohne Augen, erzählte die Oma rasch weiter. »Riesige Wasser sammeln sich im Blautopf.«

»Und wo läuft das ganze Wasser hin?« fragte ich, und die Oma rollte die Augen und antwortete: »Bis ins Schwarze Meer.«

Immer wieder bat ich die Oma, mir von der schönen Lau vorzulesen, und die Oma tat das gern. »Ihr Leib war allenthalben wie eines schönen, natürlichen Weibs, dies eine ausgenommen, daß sie zwischen den Fingern und Zehen eine Schwimmhaut hatte, blühweiß und zärter als ein Blatt vom Mohn.«

Blühweiß und zärter als ein Blatt vom Mohn.

Olga

Wer so behaart ist wie Gecko, paßt nicht ins neue Jahrtausend. Gecko erwacht aus dem Mittagsschlaf und rülpst schamlos. Die Amsel auf dem Rasen dreht den Kopf weg und macht, daß sie in die Platane kommt. Über die Wiesen fegt Qualm, dort wird gegrillt.

Den Sommer lang radelte Gecko in den Tiergarten, legte sich ins Gras und freute sich seines Lebens. Ich wußte nichts davon, bis er mich um Begleitung bat, an den Wochenenden. Er sprach nicht darüber, was wir gerade sahen, sondern von dem, was er am Mittwoch gesehen hatte, oder am Dienstag, am Montag.
»Schau mal, das Schiff heißt Capt. Morgan«, sagte ich zum Beispiel. »Erinnert dich das nicht sofort an Malta?«
Er: »Das kam am Mittwoch viel früher.«
Er fuhr gern Fahrrad, klein, bauchig, aufrecht. Aber immer dieselben Pfade. Er besaß drei Lieblingsplätze, und es war schwer, ihn anderswohin zu bewegen. Ob es Faulheit sei, wollte ich wissen und erwartete zur Antwort, es sei doch schön hier, wozu solle er Neues entdecken? Vielleicht meinte er das auch, aber er sagte: »Olga, ich liebe dich.«
Die *Spreekrone* legte an, Passagiere gingen von Bord, wandten sich zur Uferpromenade, im Rücken die untergehende Sonne. Am Haus der Kulturen der Welt hatte der Biergarten noch geöffnet. Aufgereihte Tische und Stühle, Holzbänke um Kübelpalmen gruppiert. Nach einer Stunde fuhr die *Capt. Morgan* wieder vorbei.
»Die hat sonst früher Feierabend«, sagte Gecko.
Die Mannschaft putzte bei italienischer Opernmusik. In Malta würde das gar nicht auffallen. »Die *Capt. Morgan*«, sagte Gecko, »kam vor Jahren zu einem Schiffstreffen nach Berlin, und ist geblieben, wie die *Capt. Cook* aus Britannien, wie die Schwestern

Koningin Wilhelmina und *Oranje Nassau* und ihr Bruderschiff *Prins Bernhard* aus den Niederlanden.«

So schön häßlich wie das alte Hafengelände unterhalb Vallettas war der Platz hinter dem Haus der Kulturen der Welt. Im Haus, von irgendwelchen Journalisten schwangere Auster getauft, kämpften türkische Familien gegen einen schwergewichtigen Wachmann, der ihnen das Abfüllen von Wasservorräten fürs Grillpicknick im Tiergarten verbieten wollte. Vor den Toilettenräumen verkauften koreanische Frauen Programme für die Abendveranstaltung *Traditionelle koreanische Tänze und Musik*.

»Diesmal kann ich nicht«, sagte Gecko am letzten Freitagabend im August, »ich muß arbeiten.«

Der verkrachte Bühnenbildner Gecko hatte Wochenenddienst beim Ausstellungsaufbau *Vision Hong Kong – Berlin*.

»Es wird hart geschuftet«, sagte Gecko. »Auch in der Mittagspause.«

»Wieso auch nicht.«

»Früher nicht. Da sind alle Arbeiter aus dem Haus verschwunden.« Neunzehnhundertachtzig stürzte in einer Mittagspause die gigantische Dachkonstruktion ein und erschlug den SFB-Redakteur Hartmut Küster, der die Mittagspause nicht zur Siesta benutzte, sondern durcharbeitete. Die schwangere Auster wurde wieder aufgebaut, und für Eingeweihte war die Mittagspause heilig.

»Das weiß kein Mensch mehr.«

Einmal nahm mich Gecko mit zum Carillonisten. Der Mann verkörperte in seinem Turm den einsamen, elegischen Beruf, der Gecko fehlte.

Konstanze schaffte es als erste, Gecko dazu zu bringen, von seinem existentiellen Abstieg im Haus der Kulturen der Welt zu erzählen. In der Anfangsphase des Hauses der Kulturen hatte Bühnenbildner Gecko ein Einsehen mit der eigenen Kreativität. Er bildnerte nicht

mehr, er begann eine zweite Karriere als Organisator. Da kam er weidlich spät. Multikulti wird heute anders verwaltet. Es war schwer genug, dieses Haus zu gründen, in der ehemaligen Kongreßhalle, einem Geschenk der Amerikaner. Es war schwer, es zu finanzieren, es am Laufen zu halten. Akademiker stiegen ein. Leute wie Gecko bekamen Zeitverträge, als freie Mitarbeiter, als Fußvolk. Und wurden nach und nach abgehalftert. Bühnenbild, Ausstattung, Rahmen und Event, das wird heute nicht mehr mit farbverschmierten Fingern gemacht, wie zu Geckos besten Zeiten in der Kreuzberger Off-Szene.
Gecko hatte den Job aufgegeben, besaß noch Geld auf dem Sparbuch und meinte, Hilfsjobs täten es auch, vorerst.
Vorerst kann sehr lange dauern.
»Du hättest dich weiterbilden sollen«, sagte ich, die Erfolgsgewohnte, die sich auf dem zweiten Bildungsweg hochgerackert hat bis zum Magister. »Ein erweiterter Horizont schadet nicht.«
Keine Antwort. Dann doch: »Sich einreihen bei den Arbeitslosen.« Er lächelt dünn. »Klingt wie Herbstzeitlose.«
»Ich rede vom Internet. Von neuem Management.«
Er stand am Fenster zum Garten. Auch ein Lieblingsplatz. Von hinten sah Gecko noch jung aus.
»Hast du nicht zugehört?«
Arme um ihn. Er fühlte sich heiß an.
Doch, er hatte zugehört, doch ja, er zitierte Karl Kraus.

»Fürs Leben gern wüßt' ich: was fangen die vielen Leute nur mit dem erweiterten Horizont an?«

»Am liebsten«, sagte Gecko, »würde ich mit dir weit weg gehen.«
Sofort.
Ich hätte ihn gern erst einmal *angekommen*.
Das Weggehen wäre dann kein Problem.
»Ich kann sehr gut weggehen.«

Der September begann mit Sonne in den windstillen Bäumen. Am Samstag erschienen Konstanze, Jírina und Schimmel in der Zimmertür. Mit Picknickkörben.
»Wir fahren nach Philadelphia«, sagte Jírina. »Kommt ihr mit?«
Philadelphia.
Eine Autofahrt über die baumbesäumten Alleen und hinein in eine karge Ebene.
Wir hielten vor dem Ortsschild. Philadelphia.
Schimmel führte. Hinein ins Dorf, eigentlich nur eine Dorfstraße entlang, an der die Häuser aufgereiht waren wie zuvor die Bäume an den Alleen.
Schimmel redete auf Jírina ein. »Hauptstadt Amerikas«, sagte er, »Befreiungskampf und Sieg über die Kolonialherren. Philadelphia, Hauptstadt nach der Befreiung von den Briten. Man munkelt, der Bruder Friedrichs des Großen, des Preußen, werde König von Amerika. Der Prinz Heinrich.«
Eine Frau, die Wäsche aufhängte, sagte grinsend: »Am Wochenende kommen immer noch Berliner, uns angaffen.« Und verschwand.
Jírina sang eins von Geckos Poemen.

mein Vater war
ohne Aktenmappe undenkbar

ich funktioniere
nur mit Tragetüte

meine Tochter
hat leere Hände

Hier heißen sie alle Kiesewetter.
Geduckte Häuschen, mit Schuppen und Garagen. Ein paar Häuschen auch am Waldweg und an der Kanalstraße. Ein Herr Kiesewetter übernimmt Erdarbeiten.

Niemand war zu sehen. Jenseits des Kanals gab es eine Bootsreparatur. Verrammelt. Kein Gasthaus, kein Laden, nichts. Im Schulhaus befand sich der Königssaal der Zeugen Jehova.

Schimmel war gut präpariert. »Berliner Urstromtal. Nach den Kriegen, dem dreißigjährigen, dem siebenjährigen, herrschte Viehmangel, und Menschen waren fast ebenso rar. Den Wölfen ging's schlecht.«

Friedrich lockte Siedler aus Württemberg und der Pfalz, lockte mit einem Haus und etwas Land. Und sie kamen, die Armen.

Philadelphia. Autos fuhren ungewohnt langsam die Hauptstraße entlang und schnell wieder zurück und verschwanden. Lauter Naseweise. Wir hatten hier auch nichts verloren. Aber die anderen waren schneller im Weggucken. Also blieben wir, legten uns ins Gras, an den Weiher, das störte keinen.

Picknick. Schimmel, mit vollem Munde: Sie seien gekommen, die Armen, und dann sei das Land die märkische Streusandbüchse gewesen, wo rein gar nichts wächst.

»Woher weißt du das?« Konstanze hatte rote Lippen vom Wein.

»Vielleicht haben wir hier Verwandte«, sagte Gecko.

»Verwandte?«

»Ihr Schwäbisch, zum Beispiel, haben sie natürlich längst verlernt.«

Am Weiher dösen.

Gecko widersprach Schimmel. Ganz so arg sei es nun auch wieder nicht mit dem Sand der Mark. Gemessen an der relativen Geringwertigkeit der leichten Böden seien die märkischen Erträge sehr hoch gewesen.

Schimmel war nicht auf Disput aus. »Und Hammel hatten sie auch«, erzählte er, »darum hieß das Anwesen Hammelstall, und eine Meierei war auch da. Und dann kam ja auch die Kartoffel, nicht von selbst, aber man sagt, sie kam. Aus Amerika.«

Erinnerungsfetzen aus der Schulzeit stiegen hoch. Ich wußte plötzlich auch etwas: »Den Bauern war glaub ich gar nicht klar, ob man die Früchte der Pflanze ißt oder die Knollen.«

»Ja«, sagte Schimmel, »einige starben daran.«
»Die anderen waren schlauer. Die sind gleich nach Amerika«, sagte Gecko.
Ich war satt und döste und hörte, wie typischerweise nur noch die beiden Männer diskutierten.
Am liebsten wären alle nach Amerika.
Aber nichts da, was der Preuße hat, gibt er nie wieder her. Wegzugverbot von Herrn Friederich.
Dürfen sich dafür nennen, wie es ihr Traum vorsagt.
Aus Hammelstall wurde Philadelphia.
Es gebe, hörte ich Schimmel sagen, noch viele andere amerikanische Namen in der Gegend.
Ich nahm Gecko in den Arm. Ob das letzte Haus an der Hauptstraße zu Hammelstall, jetzt Philadelphia, meint, schon näher an Amerika zu sein?

Gecko sang.

er glaubte irgendwo im Haus
weine ein Kind
bis er begriff
es waren seine Bronchien

Auf einer Bank am Weiher von Philadelphia hatte ein sehr junges Liebespaar gesessen und mit weißer Farbe aufs Holz geschrieben: »Nicole + David = Love vor efer.«

Einen Tag lang hatten wir Graupelschauer. Am Abend einen Regenbogen über den Kiefern. In der Dämmerung fuhr ein Auto vor. Ein schwergewichtiger Mann rannte ins Haus.
»Komm sofort raus! Ich weiß, daß du da bist! Konstanze!«
Schimmel schrie: »Ein Irrer!« Da hatte er schon die Faust im Gesicht.

Der Mann fing unverzüglich an, Gegenstände von Möbelstücken zu fegen, worauf es zu einer Prügelei zwischen ihm und Schimmel kam. Gecko ist jähzornig, sonst hätte er sich nicht gleich mit verprügeln lassen. Er fluchte, vor Aufregung schwäbelte er. Der Krach lockte auch Jírina an.
»Hört doch auf!«
Jetzt war sie an der Reihe. Aber ihr Eingreifen war kurz. Ein präziser Schrei und ein komplizierter Angriff wie ein scharfer Windstoß.
Die Glastür ging mit dem hindurchstürzenden Mann zu Bruch.
Ich stand immer noch oben auf der Treppe und sagte nur: »Schachmatt. Östlicher Kampfsport.«
Der zerschundene Schimmel keuchte, ganz offensichtlich in Jírina verknallt. »Mein Gott! Das ist Prag!«
Und der blutende Gecko stöhnte: »Jetz was war jetzt des?«
Jírina erklärte es bündig und gar nicht atemlos.
»Ein Satz und ein *Kiai*-Schrei, ein Mikazukigeri, also Kreisbogentritt, und ein Seoinage, also Schulterwurf.«
Hinter mir Konstanze.
»Mein Exmann Tom.«

In der Küche. Dora kam als Letzte.
»Und wenn er tot ist?«
Gecko lutschte am blutenden Daumen. »Hano, nô wird er einbetoniert.« Er konnte schon wieder beinahe hochdeutsch.
»Damit ist die Wohnungssuche dann allerdings beendet, wir können nicht mehr ausziehen.«
Schimmel nahm das ernst. »Hat nur Sinn, wenn wir das Auto loswerden.«
»Das verkaufen wir nach Tschechien und haben Ruhe.«
Jírina war die einzige, die ihr Opfer untersuchte. »Er wacht auf.«
»Wir können umziehen«, sagte Gecko.
Konstanze war sehr blaß.

Jírina befahl, wir Blödhammel sollten endlich telefonieren.
»Wen denn?«
»Krankenwagen, Anwalt und was man so braucht.«

Besuch der dunklen Welten

Rose

Ich sehe den Taxifahrer schon vor mir.
Er sagt: »Haben Sie Kummer? Wo Sie so schön braungebrannt sind.«
Das einzige Rauchertaxi am Wiener Westbahnhof.
Aber vermutlich würden die Nichtrauchertaxifahrer noch ganz anders reden.
»Sie haben eine sexy Stimme«, und er sagt es mit der Schärfe seines Rasierwassers.
Und er sagt: »Taubstummengasse?« Er sagt es nicht als Frage.
»Nein«, antworte ich, »zu den Taubblinden.«
Und er versteht nicht den Unterschied.
Oder ich werde zum Taxifahrer sagen: »Verfolgen Sie den Wagen dort, da wird einer entführt, weil er nicht mehr spricht.«
Und Chandler werde ich mal wieder lesen.

Braungebrannt, also von einer Reise zurück. Die kein Strandurlaub war.
Die mit Geräuschen begann und die, als ergebe sich das dann automatisch, dominiert war von Geräuschen. Ich erinnere mich an die Lektüre von Maigret, der zu Beginn eines jeden Kriminalfalls zufällig irgend ein Getränk bestellte und dann konsequent nie mehr ein anderes bestellte, bis zum Abschluß der Ermittlungen.

Das Geräusch: der Reißverschluß der Tasche. Verreisen, verschließen. Etwas einsperren. Reißen. Verstecken. Sich ausstrecken: reisen. Sich für die Reise zurechtmachen, zurechtbiegen, gliederschlenkernd und nervenberuhigend. Unter der Dusche beim Haarewaschen: Erst die Augen geschlossen, dann sind auch die

Ohren vom Shampoo verklebt. Kinderspiele mit Olga. Landschaften. Stillhalten. Gleich werden Hände mich anfassen, große »haarige Hände«, wie man sie auf den bunten Heftumschlägen von Horrorgeschichten sieht. Gleich werde ich wehrlos sein. Und die Haare wachsen über die Hüften hinab. Zu Tür und Fenster.
Jedesmal die gleiche Entscheidung: wenigstens hören können.
Hören können. Aber ich höre die Geräusche ja nur, weil ich verreise. Nie höre ich, daß die Treppe aus Stein ist, aber jetzt. Nie höre ich Straßenbahnquietschen und nie Lautsprecherdurchsagen, aber jetzt. Nie – doch, daran kann ich mich erinnern: an das dünne Flattern der Anzeigetafeln. Als er von einer Reise zurückkam, und ich stand in der Ankunftshalle. Der da, der von weitem winkt, ist mein Mann Josef, ich muß es mir laut vorsagen, und die Anzeigetafeln flattern dünn metallisch, und schon wieder fand ich seine Zuneigung penetrant, und ich dachte: Ich bin anders. Weil ich nie im Leben von einem Flug zurückkehre. Nie im Leben rote Backen habe vor Freude, wie schön der Flug war, und du, arme Frau, mußt immer mit der Bahn reisen.
Wenn überhaupt, mit der Bahn. Mitleid und überwältigender Kuß.
Voll getroffen.
»Da du hangest ...« Ein Märchen. Ein abgeschlagener Pferdekopf an der Palais-Fassade. Der einzige Vertraute.
Das Geheimnisvollste in Wien ist mir der abgeschlagene Pferdekopf an der Fassade. O du Falada, da du hangest.
»Das Herz tät ihr verspringen.«
Ein besonderer Augenblick, in dem ein Film hinter den Augen abläuft, immer lautlos. Beim einzigen Sprung vom Zehnmeterbrett, um die Note eins im Sport nicht zu verlieren. Wie ich ohnmächtig werde, kommt es mir sehr langsam vor. Ich schwebe über mir und sehe mich da liegen.
Reisen. Ist das etwas, wie sich in einem fremden Zimmer umsehen? Ich gehe in ein Zimmer und schaue mich um. Vielleicht ist

da ein Mangel: Wir sehen uns in fremden Zimmern genausowenig um wie auf Reisen.
Folgenlos. »Steigt der Erpel auf den Hahn, gibt's noch lange keinen Schwan.«
Wir produzieren noch die gleiche Menge Angst wie zur Steinzeit.

Übers Gebirg. Man sieht aus dem Zugfenster, man muß die Landschaft sehen. Aber wenn ich es tue, gibt es draußen unweigerlich eine Prozession. Oder alte Frauen, die aus der Kirche kommen und sich rasch verstreuen auf die Höfe. Die Männer bleiben stehn auf dem Kirchplatz, und ich fürchte, sie werden gleich schuhplatteln.
Wenn ich meine Finger ansehe, spielen sie auf der Ziehharmonika wie früher.
Was treibst du denn? Nichts, Mutti. Den Ländler über das heimliche Notenblatt legen, wenn sie kommt. Haushamer Ländler. Hindurchhören können aufs heimliche Notenblatt.
»O Traurigkeit« – Mainz anonym 1628. Am Sonntag kommt der Onkel, der den Ziehharmonikaunterricht zahlt. Bald kann das Kind Johann Strauß, du wirst sehen.
O Traurigkeit, o Herzeleid, ist das nicht zu beklagen? Gott des Vaters einzigs Kind wird ins Grab getragen.
Die Ausflüge in die Berge. Jungmädchenkreis. Sitzen auf Felsen, schauen auf die Täler hinab wie auf Kinder. Ich schaue ins Tal, ich bin Ikaros.
Wieso hat man uns immer von Ikaros erzählt? Nichts weiß ich von Daidalos.
Es war vor der Konfirmation.
Ich hatte auch andere Wünsche.
Doch nur die Träume waren erlaubt. Vom Traum zu fliegen durfte man erzählen.
Wollte ich weg? Von einer Freundin, einem Freund, die traurig sein sollten, wenn ich abstürzte oder auf Nimmerwiedersehen

verschwände? Oder doch weg von ihnen wäre, weil Traurigkeit wenigstens etwas an Gefühl gewesen wäre?
Es durfte ja nichts sein, keine Wärme.
Jungmädchenkreis. Ich frage die Scharführerin, warum die Erwachsenen es schaffen, nicht mehr zu masturbieren. Sie sagt ganz deutlich: Das lernt man, so wird man erwachsen.
Später die unsinnige Lust auf Türmen: hinunterspringen. Ein Selbstmordgedanke, aber das Gefühl ist etwas anderes: Ein Musiker kann das spielen. Assoziationen können es von weit her holen.
Das Gefühl eines weiblichen Daphniskrebses, der von März bis August alle vierzehn Tage elf bis zwölf weibliche Sprößlinge durch Parthenogenese hervorbringt, erst dann erzeugt sie Männchen, mit denen sie sich paart.
Die Lust, vom Turm herabzuspringen, ist unsittlich. Herab – zu etwas also, wo ich lieber dazugehöre? Das Gefühl, oben zu stehen und mich dazu zu zwingen, zu sagen: dort hinab, dort ist die Gefahr, das Fremde. Die Lust wäre nur gerechtfertigt, wenn wir im Flug Nachkommen schaffen würden. Jede unserer Lüste braucht ihre Rechtfertigung, sonst stirbt sie ab. Was haben wir uns da eingebrockt. Die Perversion des Handelns, weil die ursprünglich sinnvolle Tätigkeit in Vergessenheit geraten ist?

Nicht hinauslehnen. Paßkontrolle. Nicht hinsehen. Zollkontrolle. Nicht hinhören. Diese Lautsprecherdurchsage in schönem Mezzosopran. Ljubljana. Ein Ave Maria, ja wirklich.
Die Lust nach drinnen.
Das seltsame Partisanendenkmal in Maribor: Zwischen Betonpfeilern eingesperrte Gesichter. Gewichtige Gesichter. Die da drinnen. Die vielen Geschichten der letzten Jahre: sich zurückziehen und die Nächsten verlassen, sich in Schneckenhäuser und Muscheln und Betonklötze verkriechen, sich einigeln in die Kindheit oder in exotische Länder, wo man nicht hingehört, in den

Mutterleib oder in die Phantasie, die aber von einer Art ist, daß niemand sie überprüfen kann, so wenig wie man weiß, wie es im Mutterleib war.
Unendliche Beliebigkeit. Schlampigkeit.

Jede schöngeschwungene Abfahrt zum Meer ist schon Urlaub. Von weit oben hinab. Das muß Tage dauern, da unten anzukommen. Und wird immer rascher, und dann die Einfahrt, und Glocken müßten läuten, und ein Hafen ist ein Postkartenpanorama, zum stillen schadenfrohen Neidischwerden.
Wer sagte: Der Wagen brennt ja? Auf dem Bahnsteig: nichts. Ein Ventil kokelt. Angst vor dem Übernachten, im Hotel, im Gezeter von Touristen. Und wie bestellt: Zikaden. Rijeka, ich hatte es mir venezianisch vorgestellt.
Und ungewollt die Jugendlichen belauschen am Strand.
Komm, dort drüben sind wir ungestört. Wenn er das sagte, war Widerstand sinnlos. Wenn man ungestört ist, tut man das. Manchmal hab ich sehr laut gehustet. Dann konnten Leute kommen, befürchtete er. In der Ehe ist man zuviel ungestört. Da fing es an, daß Herr Josef schmollte.
Das Kokettieren mit einer Hoffnungslosigkeit und Zukunftslosigkeit, betrieben von ernstzunehmenden Leuten, die mit einem festen Einkommen über Ängste, Müllhaufen in ihrer Wohnung und Nackenschläge durch das Erleiden von Ausweglosigkeit lamentieren. Wenig Zukunft: Selbst das nehmen sie den Jungen noch weg. Im Grunde läuft ihnen nur die Ehefrau weg, aber um die geht es ihnen nicht. Sie sagen: Alles läuft mir davon, zerrinnt mir zwischen den Händen. Das ist der Moment, in dem ihnen klar wird, daß sie selbst sich abhanden gekommen sind, vor langer Zeit freilich. Dafür büßen die andern.

In die Arme meines Mannes. Wie wäre es, wenn er ganz jung wäre? Um seine schlechte Zukunft wüßte und nicht lethargisch

geworden wäre? Nein, in die Arme eines Gleichaltrigen. Eines viel zu lange Bekannten. Der zu sich gekommen sein will. Wir sind versiert im Schwanken und Balancieren, in der Depression und in den kurzen flackernden Kühnheiten aneinander.
Ich will nicht schon unterwegs an ihn denken.
Ich will die Schiffsreise genießen, die Adria hinab.
Einer sagte: »Diese traumhaften Inseln.« Und nannte sie gleich allesamt bei Namen.
Auch das Anlegen der Fähre in Häfen wird begafft. Jemand warnt vor den roten Quallen der Adria. Junge Menschen an Deck. Rührung. Die Kindlichkeit entstand aber nur in der Art, wie sie die Route von der Liste ablasen. Die eine slowenisch, die andere kroatisch, dann einer aus Mazedonien, und unsereins wundert sich über das gute Verständnis füreinander. Wie sie zur Gitarre singen. Die jungen Frauen trinken weniger, ihre Augen tränen jedoch mehr als die der rührselig betrunkenen Kameraden. Bin ich so? Natürlich war ich so.
Ich hatte es kaum wahrgenommen: erst slowenisch, dann kroatisch, dann mazedonisch, aber sie sagten es mir, ich konnte es nicht wissen. Ich verstand nicht den Unterschied, aber die Anspannung der Jugendlichen, zusammenzubleiben trotz der trennenden Eiferer. In jedem Paar, das sich auf Deck küßte, sah ich eine Versöhnung, die auf nichts gegründet war. Denn die Trennung war auf keiner Menschlichkeit gegründet.
Die vielen Märchen vom Spiegel. Hindurchgehen, um wer weiß was zu erleben.
Wir finden nur eine Variation von uns dahinter. Doch wahrscheinlich ist auch die seitenverkehrt. Chandlers Geschichte von der Tür, die ins Nichts führt – wohin sollte sie sonst führen, wenn man erwachsen ist. Der Fortschritt zur Verstörung.
Rückzug ins Magische, ins älteste Wissen der Menschheit? Spiegel und Verdoppelung. Doppeläxte und doppelte Mondsicheln. Der verzweifelte Versuch von Freundinnen, die Mondgesetze wieder

zu lernen, im Schnellkurs, ehe es zu spät ist oder sie zu alt? Oder aus spontaner begeisterter Ahnungslosigkeit.

Das Schürfen in mutterrechtlichen Gesellschaften, aber am liebsten verstecken wir uns in der unendlichen Geschichte, die Phantasie am scheußlichsten da, wo sie vermenschelt wird wie ein Schoßhund.

Und wenn ich's recht erlebe, hab' ich auf dem Turm ja Angst, weil ich fühle, ich springe gleich runter. Ich hab' kein Parterre mehr.

Korfu. Rooms to let. Gefallen finden am Mitgerissenwerden, und daran, von alten Frauen abgeschleppt zu werden. Gefallen finden am Nächtigen. In einem völlig nichtigen Bett, und nun werden nur solche Betten und Zimmer und Pensionen folgen. Und warum flüchte ich immer noch in Kirchen? Wo auf jeder Holzbank so viele vor mir zu spüren sind wie in den Betten und Zimmern.

Das Gefühl, taub zu sein, ist erlebbar in Rudimenten, die Ohren, den Kopf unter einer Lederhaube, die Nase und Mund und Augen frei läßt und mit Reißverschlüssen versehen ist für Augen, Mund und schließlich Nase.

Den Popen noch im Ohr: schon mitten im Zirkus.

Und die vielen Kinder am späten Abend.

Unsere müßten schlafen. Hepp hepp.

Hepp hepp. Der römische Zirkus auf Korfu.

Entaxi das häufigste Wort in der einheimischen Sprache.

Entaxi hepp hepp. Eine Peitsche über dem Clown, da weinen wir beide. Ich hätte ihm gern in die Augen gesehen bei so was.

Er spürt mich nicht, und die Peitsche ist nur ein Trick.

Wenn die Kinder die Luft anhalten, wird das Gelächter danach noch schöner.

Angst, und ausatmen.

Macht nichts: gesprochen endaxi.

Gegenüber Albanien. Die Albaner Berge in den Romanen von Heinrich Mann, »Die Göttinnen«. Da war es noch erträglich: die

Mythen, das Klassische, das Abendland. Jetzt muß es furchtbar sein. In jedem Stein vorausgesagter Irrsinn.

Die Hinterköpfe im Bus. Im Zug und auf der Fähre gab es das Bild nicht.
Und wer sich umdreht, entspricht dem Bild nicht. Das ist enttäuschend: das sehr lange Haar vor mir und hintenherum ein albern gealtertes Weibergesicht. Dann Korinth. Der Kanal, ein Vorposten von Urlaubern im Hawaiihemd.
Auf einmal freue ich mich, daß das Langhaar keine Einheimische ist. Ich hatte ihr in Gedanken schon einen Dutt gemacht, nun ist das schnurz.
Es ist ja nicht nur Angst, daß wir uns verpuppen könnten, verengen, es ist ja auch Lust zur Konzentration und Kaltblütigkeit: Wenn man wehrlos ist, kommt man zu sich.
Die Sage von Narzissos, der sich in sein Vorderteil verliebt, aber seinen Rücken kennt er nicht. Ob die Nymphe Echo durch ihn hindurch gesehen hat? Auf seinen Rücken?

Das vorhergesagte Geräusch: Athen. Nein. Unempfindlich. Aber: Vor Ostern die Markthallen. Late Late Late Late oh oh oooohhh das Fleisch die Finger der Metzger am Fleisch das zarteste Lämmchen dabei sind es alte alte alte Hammel oh oh oh die fünfzig Metzger in der Halle vor Ostern die Finger am Fleisch oh das sanfte Lämmchen der alte zähe Hammel oh oh wie sanft late late late und wie zart und die Bettlerin singt das Kind deutlich an der Brust an der Zitze ein dünnes Stimmchen saug mein Lämmchen saug auch wenn du nicht mehr kannst nur wenn du saugst mein Lämmchen bleiben sie stehen und zahlen für den Blick auf die Brust und die Frauen für deine gierigen Lippen so ist das nun mal.
Regen in Athen, und einer sagt, ich wollte so gern auf die Akropolis, aber wer denkt schon an einen Regenschirm in Athen, und die

Athener eilen weg auf die Heimatinseln, zu Ostern, und die Plaka ist nicht wie vorhergesagt. Feuerwerk ja und Knallkörper, weil Ostern kommt, aber leer und bald still, und ein Mädchen singt im Hof ein Liebeslied ohne Lärm darum, und ein Hund vergißt, es anzubellen.

Und Piräus ist eine Strafe Gottes, und aus jedem Lautsprecher der Fähren lärmen die Popen vor Ostern, bis Gottvater ein Einsehen hat und ein schreckliches Unwetter schickt auf See, und der Donner müßte blitzen, so eindeutig ist das.

Unter der Dusche stehen und die Luft anhalten, um vielleicht doch etwas Erschreckendes zu hören, was freilich nicht zu befürchten ist, aber da nützt der Verstand nicht. Das Schneckenhaus, in das mich so viele hineinbegleitet haben. Einer sitzt auf der Terrasse eines internationalen Hotels und sagt: Geld verdient man, wenn man die Wünsche der Leute schildert, nicht ihren Willen.

Die Lust an der Wehrlosigkeit, eine Fata Morgana.

Für die Calvinisten galten die meisten Frauen als sündhaft. Die Amerikaner versuchen, aus Calvin und Freud eine einigermaßen lebensbejahende Weltsicht zu schaffen, die aber nicht allzu sündhaft auf die liebe Nachbarschaft wirkt. Im Zentrum: das Problem Vater und Sohn.

Wenn man die Religion aus der Furcht erklärt, so muß man die unendliche Furcht des menschlichen Gemütes vor Augen haben, schreibt Anselm Feuerbach.

Die Kirchen als Schneckenhäuser.

Ich wünsche mir: die Religion aus der Freude erklären.

Aus der Lust nach draußen.

Im Regen sitzen bleiben in Iraklion, die Bluse zerreißen und unzüchtig in den Himmel schauen. Es ist sogar kühl. Die Brustspitzen. So nennt man das, wenn man liebt. Vor Kälte hartgewordene Warzen. Jetzt könnte jeder kommen.

Aber das Gesicht vor meinem Gesicht sollte das Gesicht einer Frau sein, in Erregung natürlich. Ihre Zunge ist kürzer als meine, denke ich schadenfroh, dann stoße ich zu. Da unten sollte eine andere tüfteln. Dann in der Sonne liegen. Ob es hier einen Regenbogen gibt?
Die hübschen Männerärsche werden mir gezeigt, und der Regen hört auf, und dann habe ich den Mietwagen zur Verfügung. Komisch, ich habe meinen Hintern noch nie auf einen Männerhintern gesetzt. Sich aneinander reiben. Sie drehen sich immer unverzüglich um. Trauen ihrem einzigen Vorteil nicht? Der kostet extra. Dieses erbärmliche Schwindelgefühl über der Schlucht. Heulen vor Wut. Die Schlucht hat Herr Josef unterschlagen, ich hätte ihn niemals besucht.
Genausogut könnte ich nach San Francisco fliegen, rechtzeitig zum Erdbeben.
Auf der Rückfahrt muß aber er steuern, denn ich werde mich ohnmächtig stellen, von vornherein.
Der Sturm sei vorbei, sagt der Wirt, und da oben wohne er, das letzte Haus hinterm Ziegenpfad, und warte. Wenn Sie wirklich seine Frau sind. Es kommt vor, daß er nicht öffnet. Die Ehe hat sicher einen eigenen Code.

Eher lauert er hinter der Fliegengittertür.
»Da bist du ja.«
»Da bin ich.«
»Ich weiß noch gar nicht, ob ich mich freue.«
»Entaxi.«
Ich will rein, hinters Fliegengitter. Ich bin kräftig genug. Ich übersehe die dicke Holztür hinterm Fliegengitter. Ich muß mich sofort als Tolpatsch erweisen.
»Hattest du wenigstens was von der langen Reise, wenn du schon nicht fliegen kannst?«
»Ich habe wahllos Zeitschriften gekauft.«

Göttliche Schlagfertigkeit steh mir bei, denk' ich noch.
Aber er sagt: »Da ist ein Abfallkorb.«
Natürlich ein Kamin, und zu wenig Holz, und wir werden einen Vorwand haben, den Ziegenpfad hinab ins Lokal zu eilen und viele wortlose Trinksprüche zu erheben und zu saufen und Holz zu erbetteln, und tragen jeder einen dicken Baumstamm den ganz steilen Pfad ganz besoffen hinauf, und mein lieber Mann ist fast zwei Meter groß und wiegt knapp zwei Zentner, und ich kann nicht mehr mit dem offensichtlich kleineren Baumstamm. Das hat er gleich gewußt.
Am Wegrain weinen. Mein Mann neben mir, er setzt sich so nah zu mir, daß er meinen pfeifenden Atem bemitleiden kann.

»Hast du schon mal ein Kind gefragt, ob es das Nichts für etwas Wundervolles hält?« Und ich denke an den römischen Zirkus hepp hepp auf Korfu entaxi, und die Luft anhalten, um besser lachen zu können, nachher. »Sich einigeln ins Nichts?«
Keine Sorge: Wie er das Holz umdreht, und die Flämmchen umgürten sein Gesicht, und so zeigt er nur das Profil von rechts, seine Sonnenseite, nein: Feuer- und Flämmchenseite, er sagt:
»Ein Freund von mir lernte im Urlaub in Nepal die Sehnsucht nach dem Nichts. Er sagte, das höchste Glück sei der Orgasmus ohne Kontraktion.«
Herr Gott im Himmel Jesus Heiliger Geist Herr gib mir noch eine letzte Antwort.
Sein Hintern, souverän beim Feuerschüren.
Augenaufschlag, Wimpern warten köstlich amüsiert, denn ich schinde Zeit für eine Erwiderung, zünde mir zitternd und zagend eine Zigarette an.
Ich liebkose nur den Hintern. Keine Angst, dein Herrchen sieht uns nicht.
Die Antwort, endlich.
Man sollte den Buddhismus vor uns schützen.

Die Nüstern weiten, die Arme ausstrecken,
die Beine spreizen, den Bauch in die Gegend blähen,
den Mund fast blöde offenstehen lassen,
die Augen verdrehen, den Verstand entlassen.
Die Lust nach draußen einen Moment in der Schwebe halten.
Er müßte gemütlich sein und eine grüne Gärtnerschürze tragen. Sein Mund ist ein »Einwändemund«. Seine Einwände sind die willkürlich einsetzbare Chance der Skepsis, die Idee des halben Beweises, »zwar – aber«, die Anregungen des Zweifels, die »Einrede der Willkür«, die »Einrede der Dialektik«. Der Hase im Zickzack. Aus seinem Mund lasse ich in seinem Schlaf etwas herauswachsen, es wirft Bläschen.
Wie ein Leprakranker spürt er nicht, daß er verfault. Er sieht es nur.
Sein Gesicht ist ganz spitz geworden.
Er führt mich geradewegs ein in die Sitten. Er ist einen Kopf größer als der Pope, und ich bin einen Kopf kleiner als der Pope. Hände auf der Stirn. Von oben. Und von oben drüber. Die jungen Männer verbrennen eine Strohpuppe um Mitternacht. Ich gehe so nah heran, daß sie mich heftig zurückweisen.
Als ob ich ihren Mord verhindern wollte.
Ziegenpfad und Kamin, und man kann nicht jedes Gespräch in der Hand herumdrehen. Solche nicht, das hätte ich wissen müssen.
Entfernt noch Ostern: Feuer, Gesänge, viel Radio und TV, das Dorf darf aufbleiben. Die Marder im Berg nur ganz kurz, wie unwirsch.
»Sonst sind sie lebendiger«, sagt mein lieber Mann, als Goodwill-Nachbar, er liebt seine Marder, die mir zuliebe hätten zeigen können, was sie können.
Woher er, der nur Rotwein trinkt, den weißen hat, mir zuliebe, ist schon wieder beunruhigend.
Wo waren wir stehengeblieben?

Bei meiner Flugangst.
»Ich habe immer Männer, die sich bei mir ausruhen. Ausgerechnet ich. Mit meiner Flugangst, und überhaupt.«
»Geborgenheit.«
»Nein, ausruhen. Einmal habe ich endlich einen gefunden, den wollte ich eigentlich nicht, aber er *zwang mich* auszuruhen, er war ruhelos.«
»Du hast ruhig ausgehalten?«
»Daß nicht *er* ausruht, sondern ich, das wollte er haben. Mich wirklich haben. In Ruhe. In Riemen. Er hielt es nicht lange durch. Er war so erschöpft wie ein Langstreckenschwimmer. Er log mir was vor und hielt es nicht durch. Er bettelte stumm um mein Einsehen.«
»Du willst nie schuld sein.«
»Ich lag vor ihm mit dem Wunsch nach Verantwortungslosigkeit, das ist wahr, aber er sagte: Du bist eine viel zu patente Frau.«
»Ich habe angefangen mit dem Bergsteigen, um ganz schwindelfrei zu werden.«
»Früher war es das Pokern, die Mutprobe.«
»Die Luft am Berg, sich sozusagen verdünnisieren.«
»Wir reden schon wieder zuviel miteinander.«
»Warum denn?«

Als es ruhig war, lärmten endlich die Marder.
Habe ich Hamster gesagt?
Das Geräusch des Feuers: die Strohpuppe, die verbrennt, geht in ein Geräusch von Wasser über, das Zähneputzen meines Mannes und sein Gurgeln und das Ausspucken von Wasser, und der Wasserhahn läuft und plötzlich der Fluß ein romantischer Flecken mit den von Oleander überwachsenen Ufern und dann das verlassene Kloster, wie war so ein Kloster bewohnt? Aber es stinkt nur von früheren Hippies und ist längst überwacht, und der Gestank ist doch eher im Stall von den Ziegen, und eine Quelle draußen

lärmt, und das neue Kloster versteckte Briten und Australier vor den Deutschen im letzten Weltkrieg, und ich würde auf einmal gern eine andere Sprache beherrschen, anstatt zu heulen vor den Gedenktafeln und dem tiefen Blick des Popen und dem so blöde wissenden Wimpernzucken meines lieben Mannes, der genau gesehen hat, wie ich ihn ein einziges Mal bewunderte zwischen dem fürchterlich vielen Oleander.

»Du hättest einmal vor mir knien können, ich hätte mich sehr revanchiert.«
Die Arme auf dem Rücken. Wie zum Meineid.
Er ging immer sehr schön, ich habe immer seinen Gang geliebt. Er behauptete, sich einfach fortzubewegen, doch er kannte natürlich die Wirkung.
Hier hat er es abgelegt.
Um die Wahrheit zu sagen: er geht wie ein Dorftrampel. Er redet von Alternativprojekten wie vom Schmetterlingssammeln, dabei wird Obst gepflückt. Symbolische Besetzungen für Bemächtigungen halten.
Willkür und Täuschung: Feuerwerke für langlebige kosmische Ereignisse halten.
Aber er hat ein Geheimnis: Das Dorf, wo er überwintert im sommerlichen Touristengewühl, sagt er. Das Dorf des Schweigens.
Alle sind längst weggezogen in die Städte der Nordküste.
Ich sehe zum erstenmal ein leerstehendes Dorf.
»Verrate das niemals niemandem«, befiehlt er.
Ich kann mir das Griechische sowieso nicht merken, das weiß er doch. Trotzdem: Dieser Griff in den Nacken. Niemals, ich bitte dich, keinem.
Und löst den Griff dann und hüpft zwischen Olivenbäumen und überlistet den starken Wind, denn ich höre jedes Wort Dürrenmatt wie von der Bühne. Weit trägt die Stimme, wie ein Schweif.
...

»... Als der Minotaurus zu tanzen begann, begann das Mädchen zu tanzen. Er tanzte seine Ungestalt, es tanzte seine Schönheit, er tanzte seine Freude, es gefunden zu haben, es tanzte seine Furcht, von ihm gefunden worden zu sein, er tanzte seine Erlösung, und es tanzte sein Schicksal, er tanzte seine Gier, und es tanzte seine Neugier, er tanzte sein Herandrängen, und es tanzte sein Abdrängen, er tanzte sein Eindringen, es tanzte sein Umschlingen. Sie tanzten, und ihre Spiegelbilder tanzten, und er wußte nicht, daß er das Mädchen nahm, er konnte auch nicht wissen, daß er es tötete, wußte er doch nicht, was Leben war und was Tod. In ihm war nichts als ein ungestümes Glück, eins mit der ungestümen Lust ...«
... Im mythologischen Labyrinth schreit es leidvoll, im Schmerz, in Mord, in sadomasochistischer Raserei.
Wieviel anmutiger ist doch die geschichtliche Wahrheit von den Stieren, die die Kreterinnen in den Palästen hielten, für ihre großartigen Feste, die Stierspiele, akrobatische Tänze der Kreterinnen und der Kreter auf den Stieren, die niemals verletzt, gar getötet wurden. Im wirklichen Labyrinth, in den verschlungenen alten Tempeln Kretas, singt es, im Innern der Geräusche, in den Wellenlinien, den Linien, die Ewigkeit ausdrücken. Armer Dürrenmatt.
Wäre er eine Frau, hätte er ein kretisches Buch geschrieben vom goldenen Zeitalter, vom ewiglangen Frieden, von der ungestümen Lust des Glücks dessenthalben.
Die Sehnsucht nach Atlantis, nach dem goldenen Zeitalter, nach dem Land, wo Milch und Honig fließt, die Sehnsucht nach einer ungeheuren Lebensfreude.
Das Gegenteil endlich des Schneckenpanzers.
Im Grunde habe ich ihn nichts gefragt.
Ich habe ihn nicht einmal ausgehorcht.
Rache für sein unerklärtes Abhauen? Dann ist es eine schlecht gemachte Vergeltung.
Ich habe einen Sauladen erwartet, Müllberge und dreckiges Geschirr von Wochen: erwartet, daß er einem Klischee entspricht,

das seinesgleichen entworfen haben. Wahrscheinlich büffelt er wirklich die Sprache und hat was vor, außer Tomaten zu ernten.
Wenn ich das glauben würde, bliebe ich noch ein Weilchen.
Bliebe ich: wie vornehm.
Die Bilder, die in mir entstehen, und die Bilder außen – Ich hätte ihn jetzt wieder nicht gesehen, wenn er neben mir wäre; weil ich so lebhaft an ihn dachte.
Er hat nicht vergessen, daß ich Geburtstag habe. Am Morgen, im Lokal, muß ich anstoßen, ob ich will oder nicht, er betrachtet mich wohlgefällig vor aller Leute Augen und erzählt es allen Anwesenden. Die da, die meine da, die hat Geburtstag. Als habe er irgendwas mit meiner Zeugung zu tun gehabt. Sieben Rakis auf nüchternen Magen. Dafür singt die Wirtin ein Liebeslied.
»Das ist nicht einfach griechisch: das ist die kretische Sprache.«
Durch die Schlucht steuert er mich mühelos.
In Iraklion scheint diesmal selbstverständlich die Sonne.
Ich trage ein T-Shirt und kenne die Firma nicht, für die ich werbe.
Wie er die Handbremse zieht, ist das schon der Anfang einer Rede.
Diesmal komme ich ihm zuvor, wenigstens dieses Mal.
»Also dann.«
»Kein Abschiedswort?«
»Doch.«
»Was denn?«
»Möchtest du einen Kuß?«
Ehe er sich wehrt.
Dann er:
»Das ist das ganze Gespräch?«
Von ferne nähern sich Flugzeuge.
Über alle Wolken hin.
Sie röteln.
Kaum habe ich meinen Josef endgültig verlassen, besteige ich ein Flugzeug.

Die erste Durchsage: eine Frauenstimme. Wie tröstlich. Ein Ave Maria wie in Ljubljana. Die Fenster sind sehr klein. Ich komme mir klein vor. Die Kinder laufen herum. Nur der älteste Sohn, der mit dem Bauch, will angeschnallt werden. Betrachtet den Riemen wohlgefällig, füllt ihn ganz aus, verschränkt die Arme hinterm Nacken.
Er seufzt, aber die Mutter zerstört ihm die Lust mit einer Dose Cola.
Das Ave reicht so lange, bis wir vergessen können, in der Luft zu sein. Dann kommt das Plastikessen, und ich beiße die Gabel ab.
Die Frauenstimme. Das Wetter auf Malta. Ventilatoren, schon im Flughafengebäude. Der Busfahrer mit einer Postkarte von Maria, eine alte Frau bekreuzigt sich beim Abfahren. Ich wache aus der Furcht auf. Es ist sehr laut.

Sliemas Küstenecke Tigne wird saniert. Die verlassene Villa hinterm Swimmingpool. Wände voller Krakeleien, vor allem Hakenkreuze, die meisten verkehrtrum, und Wimpel englischer Fußballclubs. Alle Zimmer vollgekackt.
FC Everton. Heil Hitler. Manchester United forever. Tod den Schwarzen. Wir kommen wieder, Malta.
Sliemas Girlies auf der Promenade. Mit zwölf Büstenhalter, mit dreizehn wissende Augen, mit fünfzehn ohne BH, mit siebzehn verheiratet.
Ich bin in den Karneval geraten, damit war nicht zu rechnen. Blaskapellen, Kinder als Erwachsene verkleidet, Erwachsene unglaublich kindlich. In der Nacht ist der Spuk vorbei. Valletta, die Festung, ist totenstill.
Doch dann: junge Leute auf einem Balkon, und ich bin sehr durstig, und ich gehe die Treppe hoch, und ich darf in den Club. Und ich ziehe die Schuhe aus und tanze barfuß bis in den Sonntagmorgen.

Jetzt schreit eine Frau auf der Straße. Das ist die Luisa. Zerschlägt eine Sektflasche, droht zu unserem Balkon hinauf. Einer spuckt hinunter. Das ist nur die Luisa.

Luisa tanzt barfuß bis in den Sonntagmorgen.

Die Orgelmusik: ungekannte Fremdheit. Dann die Gemälde, sogar ein Caravaggio.

Leidensgemälde. »Salome mit dem Haupt Johannes des Täufers«, »Judith mit dem Haupt des Holofernes«.

Die schrecklichen Frauen und die sinnreich leidenden Männer.

Warum wußte ich nichts über die Tempel Maltas?
Sechstausend Jahre alte Steintempel.
Und eine kaum jüngere Großstatue. Der steinerne Unterkörper der Göttin, nur die Hüften und Beine sind noch erhalten, der Rocksaum, und darunter etwas, das wie weite Bundhosen aussieht. Die ganze Statue muß drei Meter hoch gewesen sein. Kopf und Oberkörper wurden schon bei der Ausgrabung zerstört vorgefunden, und niemand hat sich die Mühe gemacht, die Teile zu suchen. Sie war zerstückelt, sie ist nur ein dicker Unterleib. Die endlich überwundene, zerstörte, vergessene Göttin.

Unterirdisch, unter heutigen Bürgerhäusern, das heiligste Heiligtum der Priesterinnen jener Kultur, in drei Stockwerken in den Kalkstein gehauen. Ich schaue mir Gebetskammern und Getreidekammern an. Hier, unter der Erde, ist die Zentrale der Priesterschaft, und hier ist der Vorrat.

Vor sechstausend Jahren.

In der Nacht Alpträume. Was bewegt mich überhaupt? Verlangen nach Weiberherrschaft ist mir lächerlich, Herrschaftslosigkeit unsinnig. Gab es eine andere Form der Herrschaft ohne Herren? Und will ich das wissen? Mit den so ganz anderen Gedanken.

Waffen wurden nirgends gefunden.

Das Hypogäum ist zufällig durch Bauarbeiter entdeckt worden.

Nirgendwo sonst auf der Welt, heißt es, sei ein archaisches Mysterienzentrum dieser Art unberührt erhalten geblieben.

Das Hypogäum weist keine Spuren künstlicher Beleuchtung wie Ruß oder Asche auf, heißt es. Das geht mir nicht aus dem Sinn.

Sie haben Tempel gebaut, dafür lebten sie. Ihr Leben bedeutete lebenslang schuften.

Aber sie sangen, sie tanzten, sie hatten keine Waffen. Und dann wieder: Kein Ruß, keine Asche, das heiligste Heiligtum in ewiger Nacht, und das Privileg, Priesterin zu werden, auserwählt zu werden: Wie lange in dieser Nacht leben?

Malta war ohne Waffen, ohne Krieg, weil es, sagt ein welterfahrener Dichter Maltas, kein heiliges Zentrum der Opferungen war, sondern der Heilungen.

Er, Francis Ebejer, sagt es freilich mit Ironie: Vielleicht ein Lourdes der Steinzeit ...

Ave Maria in Ljubljana, Denkmal in Maribor, o Traurigkeit, Mainz, Gott des Vaters einzigs Kind, übers Gebirg, Prozession in Bruck an der Muhr, die Ziehharmonika.

Über diesen Wolken mußt du nicht mal die Augen schließen, um in Bruck an der Muhr zu weilen.

Damit hatte ich nicht gerechnet: wie leicht beim Fliegen alles andere denkbar ist, und zu träumen, und wo ganz anders hin, und ohne Blick aus den Augenwinkeln.

Auch ertappe ich mich dabei, im Flugzeug herumzugehen wie die andern. Ah Napoli, ah Roma, ah die Alpen, ah Zuhause.

Und wenn ich mit mir fertig bin, dann werde ich dieses Wien endlich verlassen.

Wer fliegen kann, ist auf Wien nicht angewiesen.

Aber ich bin noch nicht fertig. Im Pulk. Normalisiert sozusagen.

Warum erinnere ich mich nicht an die Steintreppe in meinem Haus? Die Steintreppe auf den Turm.

Der Turm. Das mußte sein, und wie gut, daß es so ist, jetzt.

Und wenn es auch nur im Stephansdom hinauf geht.
Auf den Turm.
Nach der Steintreppe, die schwindlig macht, der Turm. Oben. Oben sein. Einfach dastehen. Oben herunterschauen. Unten die Ziehharmonika. O Traurigkeit, o Herzeleid, von oben auf das holprige Verschen, das geliebte Verschen.
Ein Musiker, der auf der Tanzfläche eine Frau sieht, in die er sich sofort verliebt, aber er muß spielen, er ist aufs Beobachten beschränkt und auf die Eifersucht.
Ein Kameramann, der Liebesszenen abphotographiert.
Eine Gruppe von Fußballfans im Stadion ihres Clubs. Sie haben ihre Langeweile überwunden, sie haben eine Beschäftigung gefunden: zugucken. Es hat mit Fußball herzlich wenig zu tun.
Familiensonntage beim Pferderennen.
Ich wette auf Sonnenschein, sagte Vater.
In der Nacht die Kneipe. Jazz als Entschuldigung.
Wir haben auch immer Angst, wegzukommen, wenn wir neugierig oder mutig oder versehentlich irgendwohin geraten sind: Strandgutgedanken.
In ein Konzert gehen und zuhören.
In der Operette »Zum weißen Rößl« mochte ich immer das Lied so gern: Zuschaun mag i net. So wird die Welt der Sehenden verwaltet. Wir haben aber das Zuschauen sehr verlernt.
Die Lust nach drinnen, wo man einander haarscharf verfehlt.
Fühler ausstrecken. Noch mit aller Behutsamkeit.
Dann entschiedener.
Den ganzen Tag warte ich schon darauf, daß Halluzinationen einsetzen.
Wenn ich nicht sehe und nicht höre und nicht spreche, dann taste ich, ich warte auf ungeahnte Halluzinationen durch Berührung.
Werde ich wieder nur reagieren?
Ich erinnere mich an den Kerl mit dem Popperszeug, dieser Flüssigkeit, die man inhaliert. Er kam damit nach einer kurzen Vier-

telstunde Küssen an, schwor darauf, jede Berührung, jedes Tasten werde minutenlang intensiver als in jedem anderen Rausch. Er steckte eine Metallhülse nacheinander in seine und meine Nasenlöcher. Es roch nach Chemikalien. »Tief einatmen«, befahl er. Schon griff er sich zwischen die Beine, als explodiere sonst was.
Kurz nach dem Inhalieren sehe ich seinen weit offenen Mund, als ob er heftig schreie. Ich sehe alles um mich herum gelb angestrichen.
Ich warte umsonst.
Er sagte prompt: »Du hast zu wenig Vorstellungskraft.«
Er fummelte wie besessen an mir herum.
Und er setzte eins drauf. »Bei vielen Frauen wirkt das nicht, bei Männern immer.«
Er war sehr stolz.

Einen Berührungssinn erfinden.
Was ist das: das äußerste Extrem des Innern?
Da könnte etwas sein, was unglaublich anders ist. Doch es existiert dann nur in der Form, die von Betreuern, Lehrern, Forschern zugelassen wurde.
Wozu sollte ich Taubblinde treffen wollen, wenn alles, was mich wegen mir selbst und meinesgleichen interessiert, dort ohne Belang wäre?

Extreme können wir nur ertragen, wenn es ferne Varianten von uns selbst sind. Es ist unwahrscheinlich, daß es etwas Erträgliches außerhalb dieses Spektrums gibt.
Ob taubblinde Kinder ganz andere Bahnen und Zentren ihres Gehirns benützen, bis man es ihnen abgewöhnt? Indem man sie hilfreich zwingt, sich unseren Gewohnheiten zu unterwerfen? Zwingt, ihren »Mangel« wahrzunehmen? Ob sie heimlich, wie wir in der Pubertät, verbotene Fähigkeiten weiterbenützen und es vor den Betreuern zu verbergen lernen?

Die Berührungsfähigkeiten der Taubblinden umsetzen zu Fähigkeiten des Hörens und Sehens?
Ob man ihnen Haustiere gibt oder das ganz im Gegenteil vermeidet?
Wären Katzen besser geeignet als Hunde?
Oder lieben die Betreuer Hunde mehr?
Schlimm wären Vögel. Das Pflegepersonal deckt abends die Vogelkäfige liebevoll zu.
Die entscheidende Frage wird sein: Wie fördern sie die Phantasie der Taubblinden?
Und die wesentliche Antwort müßte sein, ob sie aus der Phantasie der Taubblinden etwas gelernt haben, was an uns weitergegeben werden könnte. Geschieht das?
Gibt es eine Hierarchie zwischen den Taubblinden, etwa gestaffelt nach dem Sehrest oder dem Hörrest?
Was erfahren die Kinder, die taubblind geboren wurden, von denen, die erst später taubblind wurden, vom Hören und Sehen?
Und wird das von der Heimleitung unterstützt? Oder geschieht das im Geheimen? Wie obszöne Dinge?
Es gibt längst eine Art Riechkino. Aber dort erzählen die Gerüche keine eigenen Geschichten, sie sind nur Illustrationen der Handlung der Bilder.

Etwas, das eigenständig zu den Gedanken geschehen würde und vom Hören oder Sehen erzählen könnte – Wie denken Taubblinde?
Lichtsinn. Mechanische Sinne: etwa Gehör, Tastsinn, Raumlagesinn, Drehsinn. Chemische Sinne, etwa Wärme- und Kälterezeptoren, Sinnesorgane für die Registrierung der Gelenkstellungen, für die Registrierung des CO_2-Gehaltes des Blutes. Der Schmerzsinn.
Der verläßlichste Berührungsrezeptor soll ausgerechnet der Schmerzsinn sein?
Die Angst ist gar nicht da.

Wie wenig Ahnung habe ich von Berührungen, daß ich nicht an eine besonders zarte Hautstelle auf meiner eigenen Schulter gedacht habe.
Ihre Sprache wird lormen genannt.
»Die also übers Lormen verbalisieren können ...«, sagt der Leiter.
Lormen. Die Handleseschrift. Jeder Buchstabe ein imaginärer Ort auf der inneren Handfläche, auf dem Innern der Finger.
Wie bescheiden meine erste Frage, und wie naheliegend: Was träumen Taubblinde?
Da arbeite er, sagt der Chef, schon seit sechs Jahren dran und ohne jeden Erfolg.
»Ob unsere Leute im Traum vielleicht *handfeelings* haben, ich denke schon.«
Und dann: »Wenn unsere Leute Selbstgespräche führen, dann reden sie mit sich in der Hand.«
Verraten auch nicht, ob sie das Wort Traum verstehen. Alle nicht. Keine verrät es, keine verrät sich?
Es sind vier Mädchen zwischen acht und einundzwanzig Jahren. Ein Junge, erst fünf.
Sie fragen auch niemals zurück.
Ich habe es nicht gewagt, keine kennengelernt. Werde ich ein andermal wiederkommen, besser vorbereitet? Ich habe in zwei großen Räumen gesessen, und man hat *unsern Leuten* gesagt, da ist eine, die traut sich nicht, die guckt nur.
»Man kann ihre räumliche Selbstsicherheit«, sagt der Chef, »nur mit Radar vergleichen.«
Und ich darf lauschen, denn sie geben Laute von sich, die sie nicht hören.
Sie werden es wissen, ja natürlich.
Nur in der Liebe ist sonst der Mensch des Menschen Resonanzkörper.
Warum sind es meistens Mädchen?
Er weiß es nicht.

Rekonvaleszenz

Gecko

Immer wieder, nach Wochen noch, die Erinnerung an die Tage des Krankseins. An die Fiebertage, den Dämmerzustand, an die ersten Momente von Neugier: Da riecht etwas gut, aus der Küche. Und Stimmen oben im Dachstock, und Gehämmere, von weither Werbung aus einem Fernseher, später Klaviermusik, verweht über den Garten.
Diese Erinnerung, die sich vermischt mit dem Unbehagen nach dem Überfall im Haus. Die Aufregung hatte mir die Verdauung versaut, die Welt schien sich sofort in die Eingeweide zu verkriechen. Olga, die einen Becher heiße Brühe brachte, und zum erstenmal seit Tagen fiel mir auf, daß sie eine andere Frisur hatte, die Geliebte, und eine steile Sorgenfalte auf der Stirn. Nun kam auch die Erinnerung wieder, im Geruch der Brühe, in der Sorgenfalte, in den neu gelegten Haaren.
»Wehleidig bist du«, sagte Olga. »Schimmel hat es viel schlimmer erwischt.«
Er sei wirklich krank gewesen. Und er habe Anzeige erstattet. Und die Polizei ermittele. Und der Schaden im Haus, ja der sei nur promillehaft gedeckt. Hätten wir uns bloß richtig versichert. »Wenn wirklich was ist, dann wirst du einfach krank, so ist das mit dir.« Und sie ließ mich wieder allein. Und über meinen Vater sagte das meine Mutter auch immer.
Nach dem Löffeln der Brühe sollte ich gleich wieder schlafen, doch plötzlich hatte ich Lust auf eine Zigarette, eine geradezu sündige Begierde, bei diesem leergefegten Magen.

Den ausgetrockneten Leib erwärmen. Die Augen öffnen. Rauchkringeln nachsehen.

Über den Kiefern das Sternbild Löwe am klaren Himmel, mit dem hellen Regulus. Nach dem Zustand der Apathie die erste Aufmerksamkeit. Die Sinne lassen sich ermuntern, die Gedanken hellen sich auf. Eine Morgendämmerung, ein diffuses Licht im Kopf.
Am Morgen besuchte mich Olga mit neuer Brühe. Sie stellte sie wütend auf die Kredenz. »Laderer! Was machst du da? Du wirst doch nicht schon fernsehen?«
Nur ein bißchen zappen, Liebste, die du mich immer beim Nachnamen nennst, wenn du sauer bist.
»Hat das nicht Zeit? Die Katastrophen werden tagtäglich gemeldet. Morgen gibt's vielleicht viel schlimmere.«
Unsäglich heitere Musik, und gefinsterte Diskurse. Gesichter ohne Neugier. Gestenreiche Leute, die mehrmals das Wort *Betroffenheit* benützen. Dann das Gefühl: Gleich hat der Alltag dich wieder. Myriaden Reize, die eine Gleichförmigkeit ergeben werden.
In der Mittagssonne versöhnte sich Olga mit mir, kuschelnd und kraulend.
»Jetzt bist du wieder gesund«, sagte die geliebte Freundin. »Dann kannst du ja wieder alles machen.«
Sie schaute mich an, erwartete eine Antwort. »Was willst du denn machen?«
Da verblaßten die letzten Fieberträume. In einem hatte ein Greis mir auf den Schultern gehockt und zahnlos gemümmelt: Der Mensch besteht aus Wasser und Gewohnheit.

Wie lange schon hatte ich mir das gewünscht: mal nur so ein wenig bettlägerig zu sein, daß nichts von mir erwartet wird. Mal ausruhen.
Und schon war es langweilig.
»Weißt du, Olga, nur die Zeit der Rekonvaleszenz ist schön. Das Gefühl: gleich werde ich wieder bei Kräften sein. Das Leben reizt wieder. Wenn ich nur wüßte, auf was ich mich freuen könnte.«
»Na, auf mich!«

Die Katze kam, ausgeschlafen, lagerte sich neben die Obstschale auf dem runden Tisch und blickte ägyptisch: Eine zeitlose Pose vollkommener Zufriedenheit. Sie ist, wie die Welt ist, ohne uns und ohne Wittgenstein. Aber mich gibt es, in weidlich unvollkommener Stimmung.
Ich erinnerte mich an einen Film, in dem es eine wundervolle Überraschung gegeben hatte. Und das schaute ich mir jetzt mal wieder an. Es war zwar keine Überraschung mehr, vielleicht würde der besondere Reiz aber wieder da sein.
»Jazz an einem Sommerabend«, ein Festival in den USA, auf dem die Größen des Modern Jazz auftraten. Es war alles sehr laut und sehr heiß und recht hektisch. Und plötzlich war da der schwitzende Rücken eines dunkelhäutigen Mannes, es war Nacht geworden in Newport, Rhode Island, auch die Nacht war heiß, hier in Cliff Walk Manor am Meer. Der Mann saß allein im Hotelzimmer und spielte Cello. Keinen Jazz, sondern eine Partita von Johann Sebastian Bach, die Nummer eins, und ganz anders als Pablo Casals und ganz anders als Jacqueline du Pré. Aber wie? Er schmierte das Legato nicht so wie zu Casals Zeiten, er änderte nicht dauernd die Lautstärke wie die gefühlvolle Pré. Ja, es war ein besonderer Reiz, doch in der Erinnerung war er stärker gewesen. Ich schaute mir den Videofilm zuende an, und da kam doch noch eine Überraschung: eine Dokumentation über Rhode Island, die ich nicht kannte.

Die Portugiesen sollen die ersten Siedler hier gewesen sein, man zeigt eine Kirche aus dem siebzehnten Jahrhundert, und auf einmal sagt jemand, wie selbstverständlich, der Rest des Turmes daneben stamme von einer dreizehnhundertzweiundsechzig erbauten Kirche, von Normannen errichtet.
Ja, 1362, richtig. Nein, geforscht würde hier nicht, man betrachte dies eher als Kuriosität. Nein, das sei weißgott kein besonderer Anreiz, hier herumzubuddeln.

Die ägyptische Katze schaute mir ins Gesicht, weil ich mich im Grübeln weit weg bewegte. Nach Island. Zu einem Gedicht von Snorri Hjartarson, »Strandgut«, das ich mir vorsagte:

>*»Der Apfel rot*
>*im schwarzen Tang*
>*Paradiesgarten«*

Die Katze wandte den Kopf von mir weg und zu den Äpfeln. Olga hatte sie immer in der Obstschale, zusammen mit Birnen, Orangen und Kiwis. Olga hatte auch die richtigen Zähne für einen Apfel. Es war immer sehr anregend, sie beim Knacken eines Apfels zu beobachten, auch wenn ich dabei neidisch wurde.
Olga knackte Äpfel und fragte: »Na, hast du wieder deine Assoziationen?«
Sie begann dann manchmal das Spiel der Erkenntnis. »Adam erkannte sein Weib«, sagte sie, »na los, Mann.« Und wir erkundeten. Einmal wollte sie wissen, ob Schiller wirklich an faulen Äpfeln roch. »Wie an einer Droge.«
»Nein«, antwortete ich. »Das mit den faulen Äpfeln ist ein böses Gerücht Goethes. Schillers Vater züchtete seltene Sorten Äpfel. Und der in der Planie, der Kadettenanstalt eingesperrte Friedrich hatte immer Vaters Äpfel bei sich, aus Heimweh. Das wurde ihm zur Gewohnheit. Mehr ist das nicht.«
»Das ist mehr als genug«, sagte Olga und schnupperte an der Obstschale, und ich erinnerte mich, gelesen zu haben, der Apfel sei in allen indoeuropäischen Kulturen das heilige Herz der Unsterblichkeit der Göttin gewesen. Es war bei Robert Ranke-Graves, der erklärte, die alttestamentarische Erzählung von Adam, Eva, dem Apfel und der Schlange sei eine bewußte Fehlinterpretation von Bildnissen, welche die Große Göttin zeigen, die ihren Anbetern das Leben in Form eines Apfels gebe. Dann wurde mir bewußt, daß die biblische Geschichte ja gar nicht so alt sein kann wie die

alten Abbilder der Großen Göttin, ich ertappte mich beim Spiel »Rückwärts suchen«, eine äußerst anregende Beschäftigung. Was war dahinter, früher, anders, älter oder ewig? Eine junge Frau aus Mostar hatte mir erzählt, auf den bosnischen Dörfern würden Liebespaare einen Apfel aufschneiden, um seinen Fünfstern sichtbar zu machen. Wenn man ihn ißt, wird man eins. Man wird eins in der Liebe und eins mit der Seele der Welt. Der Apfel als heilige Hochzeit. König Artus wurde durch die Göttin nach Avalon entrückt, in den Sonnenuntergang, in das Paradies im Westen, das Avalon hieß, Apfelland.
Ich schnitt einen rotbackigen Apfel in Scheiben. Wenn ich ihn schon nicht knacken konnte.
Im Herzen der Weltseele Demeter offenbart sich ihr Kern, die Jungfrau Kore. Fünf dunkle Kerne im Mund. Man könnte sie auch wieder aussäen.
Die ägyptische Katze legte den Schweif über die Äpfel. Kore, sagte ich zu ihr, ist nur der griechische Name der alten ägyptischen Car. Das Herz der Göttin, le coeur, meine Verehrteste.
Die Katze verließ blitzschnell Ägypten und ging, eine gewöhnliche Hauskatze, auf den Balkon, Gras zupfen im Blumenkasten. Ranke-Graves würde dieser Katze nicht lange gefallen.
Olga bestand darauf, daß ich endlich aufstünde und an die frische Luft käme.
»Eine kleine Spazierfahrt würde dir gut tun.«
Die endete an einem See, in einer Serenade: vögeln.

»Was einem so alles durch den Kopf geht«, grübelte Olga. »Eine Schar Kinder, mit Lampions, gruppiert um zwei Frauen. Einige fangen leise zu singen an. ›Laterne, Laterne.‹ Werden zurechtgewiesen. Gesungen wird erst, wenn losmarschiert wird, und jemand fehlt noch.«
»Wann?« fragte ich erschrocken, »wann ging dir das durch den Kopf?«

»Die ganze Zeit, ich kann mir nicht helfen«, sagte sie. »Na komm, du bist auch nicht immer bei der Sache.«
Und was noch? Menschen hinter den Deichen, bei Hochwasser, ein stummes, hilfloses Herumstehen, dann die hektischen Versuche, die Deiche zu stützen, aber selbst diese Hektik ist hilflos. Leute auf dem U-Bahnsteig, wenn der volle Zug einfährt, der nicht das ganze Gedränge aufnehmen kann. Reisende auf dem Flughafen. Wo postiere ich mich, damit ich unter den ersten im Flugzeug bin. Sitznummer hin oder her, es nervt, wenn man nichts tun kann, bis jemand vor einem sein Handgepäck verstaut hat, und womöglich extra langsam macht.
»Es nervt sogar, wenn ich selber im Weg stehe«, sagte sie, »ich möchte mich sofort wegräumen.« Diese Ungeduld.
Lokalgäste, die alle zur gleichen Zeit kamen und nun womöglich erleben müssen, daß einer, der hinter ihnen zur Tür hinein ging, vor ihnen serviert bekommt.
Ich wußte auch was, beim Kuscheln. »Ich will auf dem Flughafen Freunde abholen, die aus dem Urlaub zurückkommen. Ein Paar kommentiert die Ankömmlinge anderer Flugzeuge. ›Schau mal‹, sagt er zu ihr, ›wie griesgrämig die da aussehen. Die hatten bestimmt einen verregneten Urlaub. Ich würde lieber dahin fliegen, wo die dort drüben herkommen, die mit dem vielen Gelächter.‹ – ›Ganz falsch‹, erwidert sie ihm, ›die freuen sich, daß sie ihren beknackten Urlaub hinter sich haben, da muß es schrecklich gewesen sein, die sind gottfroh, wieder daheim zu sein. Sonst lacht man doch nicht.‹ Dann erscheinen die Freunde. ›Wie war's?‹ Und sie sagen: ›Wie soll's schon gewesen sein. Urlaub halt. Wie immer.‹«
Solche Augenblicke.
Schlichte Erinnerungen. Etwa an die volle Blase. Ich berichtete: »Zwei Stunden lang war ich unterwegs, und nirgends eine Möglichkeit zur Erleichterung, aber das war auszuhalten. Jetzt schließe ich schon die Wohnungstür auf und muß nur noch ins Bad rennen. Da erst wird es heikel. Natürlich fällt dann der Schlüsselbund

aus der Hand, und der Lichtschalter funktioniert nicht, und am Schrank stößt man sich und stolpert über das Teppichstück, das man schon lange aus dem Weg räumen wollte, und das Bad war bestimmt stundenlang frei, nur jetzt nicht, genau jetzt sitzt jemand drin, es konnte ja gar nicht anders sein.«

Olga stand mitten in einer Wiese und zupfte sich Gras vom Hosenbein. Schaute mich plötzlich an, von weit her.
»Woran denkst du?« fragte ich, obwohl ich diese blödeste aller Fragen nie stellen wollte.
Sie lächelte. »Im Flur stehen. An irgendwas denken, verflucht nochmal, irgendwas. Der Astronom, der Planetenbewegungen beobachtet. Der Angler, der zufrieden ist, weil er angelt, und nicht, weil er einen Fisch angelt. Jene alte Frau auf der Insel, die allabendlich die Haustür aufmachte, einen Holzstuhl vor die Tür stellte und dasaß.«

Mit einemmal gelangten wir auf eine Lichtung.
Plötzlich blendet die Sonne. Nur weil zuvor die Bäume so eng beisammen standen. Wir gehen sehr langsam über die Lichtung, weil wir wissen, sobald wir wieder ins Unterholz kommen, werden wir übereinander herfallen.

Wir könnten stattdessen die Harmonie zwischen uns genießen. Die Gutmütigkeit der Zuneigung. Die Liebenswürdigkeit der tiefen Sympathie, die keine Ansprüche stellt und kein Risiko eingeht. Wir kennen einander doch gut genug. Wir gehen über die Lichtung und betrachten einander hinter fast geschlossenen Wimpern. Die Sonne blendet schon nicht mehr.
Die Sonne ist zuletzt in ihrem Haar, dann kommen wir von der Lichtung in den neuen Wald. Wir haben wohl ganz geradeaus geblickt. Während wir beide ein Gebüsch betrachten, beobachten wir einander ausführlicher als wenn wir uns in die Augen gesehen

hätten. Da beißt sie schon, kratzt, und ich weiß doch, das ist ihr zuwider, und ihre Fingernägel sind kurzgeschnitten, und ich bin ebenso falsch verständig, verstecke jede Energie und bin nur gemütlicher Bauch, und wir kürzen sofort die dringendste Liebe ab und geben es als gelungene Leidenschaft aus.

Wir stehen auf, mit Erleichterung können wir uns satt in die schweren Augen sehn: Da ist Wut, und Respekt. Am Ellbogen hat sie eine lange Schramme, da denke ich noch, die ist nicht von mir, da waren Brennesseln. Ich weiß selber, daß mein Hintern irgendwann in den Brennesseln lag, das braucht sie nicht extra zu bemerken, mit ihrem gekonnten Hinschauen.

Wir klettern in eine Senke, schürfen uns die Finger auf und legen die Finger aneinander. Meine sind kürzer und wollen ganz anders. Im Fluß baden wir. Trocknen uns in der Sonne, im Gras.

Ein Hund, der von irgend wo her streunt und der daliegt und eine vorbeifliegende Fliege frißt, in fast gelangweiltem Zuschnappen. Ebenso hätte er sie vorbeifliegen lassen können, satt macht sie nicht. Ich könnte ja, wenn ich wollte. Aber ich will mal nicht, und nicht so kleinlich sein.

»Was plapperst du da?« fragt Olga.

»Es gibt doch so viel Unvereinbares, und das lebt auch miteinander.«

»Symbiose«, sagt sie, »ist das Schlimmste.«

Krähen flattern hoch, eine wichtige Sitzung in der Luft.

Wir gingen schweigend zu einer Biegung, hinter der der Fluß in einen kleinen See einfloß.

»Wie freundlich das ist«, sagte Olga und betrachtete den See.

»Wie will mir denn zumute sein?« fragte ich Olgas Rücken, ihr Nacken sträubte sich nicht.

Ich löste sie beim Zählen der Wolken ab.

Wir wollten nicht aufstehen, obwohl wir längst voneinander abgelassen hatten. Wie unberührt ihre Brüste aussahen.

Ein leichter Regen setzte ein, mit wenigen Tropfen, die dekorativ wirkten, nur nicht auf den Nasen.
Ich dachte einen Moment: Womöglich fängt sie noch an, aus Zufriedenheit aggressiv zu werden, sie hat es heute schon mal versucht, aber ohne es zu wollen, da war es ihr gelungen.
Aber sie legte die Arme um mich und löste die Arme wieder von mir und stellte abschließend fest: »Du kannst nicht ausruhen.«
Und da endlich habe ich sie nicht begriffen.

Vor dem Haus stand ein fremdes Paar, wie frisch onduliert und eingefettet und aus dem Ei gepellt und entsetzlich amerikanisch.
»Eure Katze gehört denen«, meldete Dora.
Sie waren nach Los Angeles gereist. Ihre Tochter sollte so lange die Katze zu sich nehmen.
»Das hat die natürlich auch gemacht«, sagte die Frau rasch.
Aber dort war die Katze entwischt.
»Wahrscheinlich hat sie ihr Zuhause gesucht«, sagte Olga. Ich sah, daß sie verstohlen weinte.
Man dankte uns für die Pflege. Und verlangte die Herausgabe des Tiers.
»Ich geb sie nicht her.«
Aber das konnte ich ja nicht machen.
»Das kannst du nicht machen«, sagte Dora.
»Ich hol sie nicht.«
Dora holte sie, überreichte sie. Die Katze schien sich sofort wohlzufühlen auf dem fremden Frauenarm.
Dem vertrauten, wenn ich ehrlich gewesen wäre.
Dora gab dem Ganzen einen festlichen Anstrich. »He, Konstanze, Schimmel! Kommt mal her!«
Sie erschienen in der Haustür.
»Schnell kommt! Die Katze geht.«

Olga

Den tapferen Schimmel hatte Konstanzes Exmann am schlimmsten erwischt: Eine Rippe war angeknackst, und er glänzte in Blutergüssen und Prellungen. Ich sah Jírina zu, wie sie ihm Wadenwickel machte. Danach schien sie sich zu ekeln. Ich wollte etwas Gutes tun und brachte Schimmel Geckos Laptop. Richtig was Kleines für die Bettdecke. Sowas besaß Schimmel nicht, nur Tischcomputer.
»Du liest ja!«
»Es gibt Krimis aus der Eifel«, sagte er strahlend.
»Schon lange, aber du liest ja nicht.«
Schimmel sprach unter Schmerzen. »Man könnt' fast Heimweh kriegen.«
Ich setzte mich auf die Bettkante.
»Gecko sagt, du seist ein Platzhirsch auf der Gitarre gewesen.«
»Ach was, spitzenmäßig war ich nie. Ich bin einer der wenigen, die das eingesehen haben.«
»Deswegen muß man doch nicht gleich Beamter werden, Amtsschimmel Schimowski.«
»Immerhin hieß mein Referat Soziale Künstlerförderung. Ohne mich wären manche verreckt. Seit neuestem gibt's das ja alles nicht mehr, da müssen die Künstler zum Sozialamt.«
»Andere auch.«
»Geh mal zum Sozialamt und sag, ich bin Bildender Künstler, kein Malermeister. Die schicken dich putzen.«
»Du bist doch unkündbar. Dir passiert das ja nicht.«
»Beschäftigung gibt es schon noch. Eine Bestandsaufnahme, welche Gemälde der geförderten Künstler seit 1952 in welchen Amtsstuben aufgehängt wurden. Oder auch wieder abgehängt, und wo sind sie dann? Wieviel tausend stehen im Keller, und von wem sind die?«
»Und wozu?«

»Es könnte ja eines Tages ein Investor das Gebäude kaufen. Dann muß das Inventar aufgelistet sein. Nur darum.«
»Jedenfalls hast du kein Finanzproblem. Nur Prellungen.«
»Der Freundeskreis für ein Mahnmal der Psychiatrieopfer der Nazis kann mich gebrauchen, meine Organisationserfahrung, meine Behördenkenntnis. Eine gute Wochenendbeschäftigung.«
»Du bist anständig, Schimmel. Und furztrocken, muß ich dir mal sagen.«
Schimmel hatte die bescheuerte Eigenschaft, Kritik würdevoll zu übergehen. Ungerührt sprach er mit mir über Jírina.
»Weißt du, was ich träume? Jírina und ich on stage, sie singt und ich fetze, daß die Saiten krachen.«
»Bist du so verknallt?«
»Verliebt.«
»Fahr mit ihr nach Prag.«
»Wieso nicht in die Eifel? Ich war auch schon lang nicht mehr zuhause.«
»Dann vergiß es. Und laß Jírina in Ruhe.«

Gecko hatte das Verschwinden des Laptops bemerkt. Seltsamerweise regte ihn das nicht auf, sondern an, er glaubte, ich spionierte hinter irgend welchen Geheimnissen her. In dieser Nacht benahm er sich besonders gierig.
Im Traum erschien mir Elias Canetti, mit einem Fingerschnippen, einem Wortschnipsel. *Einer sagt: er kann nichts bedauern. Ein Gott? Ein Stein?* Am Morgen sah mich Gecko zart und fremd an, was ich mißdeutete, ich zitierte meinen Canetti freudestrahlend: *Die Zwiesprache wechselt ihre Pole, der Nächste, zu dem man lange nur noch schweigen konnte, wird einem plötzlich wieder der Nächste.*
Gecko begleitete mich zu ein paar Maklern in Berlin. »Ich muß unter Menschen«, sagte er und sah an mir vorbei. Daß ich unser Hausproblem lösen könnte, glaubte er nicht. Ich auch nicht. Daß

eine der Immobilienfirmen ausgerechnet in der Tucholskystraße residierte, registrierte er mit höhnischem Lachen.
In die Große Hamburger Straße. Ein kleiner Park, an dessen Eingang ein Täfelchen ins Gras gepflockt worden war. »Mißtraut den Grünanlagen – Heinz Knobloch, Schriftsteller«. Im Park ein Grabstein. Moses Mendelssohn.
»Liegt der da?«
Gecko nickte, er sagte: »Knobloch hat über ihn geschrieben, das Buch heißt Herr Moses in Berlin. Als Moses Mendel, so hieß sein Vater, kam der Vierzehnjährige 1741 aus Dessau nach Berlin und lief von Tor zu Tor um die Stadt herum, denn er wußte nicht, daß fremde Juden nur durchs Rosenthaler Tor durften. Gefragt, was er in Berlin wolle, soll er mit einem einzigen Wort geantwortet haben. ›Lernen‹.«
Zuhause Knobloch lesen, eng aneinander geschmiegt.
»Später wurde er Herr Moses genannt. Er selbst nannte sich Mendelssohn.«
Der Park war der älteste jüdische Friedhof Berlins.
Auf Mendelssohns Gedenkstein legte eine Hand zwei ganz ähnliche Steinchen.
Hinter Mendelssohns Gedenkstein hatte der Rasen Gänsehaut.
Wir gehen in den Monbijoupark, in dem das Schloß Monbijou längst abgerissen worden ist.
Gecko sagt: »Eine versteinerte Olga geht mit einer Teekanne spazieren. Die Kanne nimmt ihren Henkel ab und verwandelt sich in Thierrée. Olgas Schwarm Thierrée nimmt die versteinerte Olga und ißt sie als Zuckerstückchen in seinem Tee. Eine *Imagination stupide*, sagt Victoria auf ihrem Berg von Stühlen. Alle Stühle heißen Rose und schwimmen als Papierschiffchen weg.«

Dauernd wurde gehämmert im Haus, geklopft und gesägt, und am schlimmsten fand ich es, wie die Pinsel über Tapeten hin strichen. Das kitzelt mich unangenehm in den Vorderzähnen. Draußen hauten sie auf Blech herum. Ich sah, aus dem Fenster gebeugt, Jírina und Gecko handwerkern.

Jírina schimpfte über Schimmel. So etwas hörte Gecko gern, er grinste über alle Backen.

»In Schimmels Bücherregal, da steht die Charta 77 neben der RAF – das mußt du dir mal vorstellen, das ist doch hirnverbrannt!«

»Der lebt nur noch online.«

»RAF, ich meine, das war für uns ein schlechter Wildwestfilm, und da stellt der die Charta 77 daneben! In der geht's um Bürgerrechte, Freiheit, Demokratie.«

»Heute ist doch gestern schon so vergessen wie vorgestern. Seneca wie Cicero, Havel wie Husák.«

»Sowas nennt man nicht in einem Atemzug, Gecko! Husák! Du mußt wissen, das war ein Mensch, der mal selbst im Kerker saß, als Stalin noch lebte! Und dann Havel verhaften läßt, Kohout mißhandeln läßt, ein alter Professor stirbt beim Verhör, Jan Patocka, nur weil er Popmusiker verteidigt hat, dabei kann er Popmusik gar nicht ausstehen!«

»Jírina – du solltest auch wieder singen ...«

»Der Tag beginnt salzig. Warum weinst du nicht?«

»Ich hatte früher mal ein Akkordeon.«

»Da hast du wahrscheinlich ›Im tiefen Böhmerwald‹ gespielt, auf der Quetschkommode.«

»Von wegen.«

Aber sie wollte es gar nicht wissen.

»Wenn ich träume, dann immer von 68. Ich hatte mir so gewünscht, die Familie würde rechtzeitig nach Paris ziehen. Aber wir sind geblieben, und dann kamen die Truppen. Deutsche, was hättest du da empfunden? Schon wieder die Deutschen!«

»Und wieso Paris?«

»Nachdem mein Vater beruflich ausgebootet worden war, durfte ich nicht weiter studieren. Ich durfte nur noch Musik machen und

Klavierunterricht geben. Ich hab die DDR mehr gehaßt als die Russen.«
»Schimmel sagt, du träumst von einem Libor.«
»Der Arsch petzt auch noch.«
»Warst du nicht mal verheiratet?«
»In der Euphorie, verlobt haben wir uns in der Polizeizelle. Libor Smolík. Der Mann ist dann so schnell Marktwirtschaftler geworden, daß er's selber erst gemerkt hat, als sein Restaurant bankrott war. Da war ich schon geschieden und mit ein paar Amis, die von Berlin schwärmten, abgehauen. Prenzlberg.«
»Da werd' ich nie drauf abfahren. So'ne Art Rüdesheimer Drosselgasse, bloß mit Piercing.«
»Ich war für Prenzlberg zu alt. Also lieber gleich richtig in den Westen. Ich hab in Kneipen gesungen, ich sage dir, so weggehört hat noch niemand auf der Welt wie die dort.«

Wie ich am Schreibtisch wurstelte, streckte Gecko den Kopf zur Tür herein. »Versteckst du immer noch Sachen?«
»Nein, ich schaffe Platz. Meine Schwester kommt uns besuchen. Rose. Meine Zwillingsschwester, um genau zu sein.«
»Deine was? Du hast nie von einer Zwillingsschwester gesprochen.«
»Ich hatte dir aber gesagt, daß Rose meine Schwester ist.«
»Eineiig?«
»Was ist?«
»Ob ihr richtige Zwillinge seid, ähnlich seid, du weißt schon.«
»Wie kannst du bloß von Eiern reden, Gecko Laderer. Bei dir ist'ne Schraube locker.«
»Entschuldige. Aber das ist doch spannend. Diese Ähnlichkeit. Im Aussehen. Im Charakter. In der Bewegung.«
»Bewegung? Ich war immer fürs Praktische zuständig, und Rose hat gegrübelt. Kannst du mir folgen?«

Da steckte er mir die Nase ins Haar. »Du sprichst nicht gern darüber.«

»Wir sind uns äußerlich ähnlich. Sehr ähnlich. Und wir können unsere Gedanken lesen. War schon immer so. Aber wenn sie geträumt hat, war es märchenhaft bis zum Äußersten. Und sie konnte das auch noch erzählen!«

»Ist doch toll! Wir lieben doch alle Poesie.«

»Ach, hör auf. Bei mir war Poesie immer gelb. Sonst war da nichts in meinem Kopf. Gelb. Bloß gelb.«

»Komm, wir machen's auf der Stelle. Safransex.«

»Vorsicht, ich hab Stecknadeln an der Bluse, die muß ich enger machen.«

»Butterblumensex.«

»Ich hab Rose gesagt, wir hätten eine Alters-WG gegründet und holten uns die Revolte zurück, die schönsten Jahre des Jahrhunderts.«

»Ach was, wir sind so unpassend wie Penner im Grandhotel.«

»Jetzt hast du dich gepiekst. Gib mir dein Fingerchen.«

»Knöchelchen.«

Rose

Die Oma in Blaubeuren hat immer gesagt: Tapferle komm. Sie hat nicht tapfer gesagt, sondern tapferle.
Ich setze mich in den Zug.
Die Alb. Die drei Kaiser-Berge: Hohenstaufen, Hohenneufen, Rechberg. Und die Teck. Und die Geißlinger Steige.
Das Haus in Blaubeuren steht noch. Das Flüßchen ist in Kanalmauern eingeklemmt. Das Haus wackelt in den Wellen.
Gerade kommt Tante Elisabeth von der Post.
»Rose!« Den Mund groß und rund geöffnet, bis ich davor stehe.
»Ich hab vergessen, mich anzukündigen, Tante, ich war in der Gegend, und da dachte ich.«
»Jetzt komm erscht môl hoim und schwindel mir nix vor. Du kommscht doch wege dere Menschekette.«
Zuhause öffnet sie die Tür zur guten Stube, aber natürlich will ich an den Küchentisch. Sie ruft sofort Bäsle Charlott im Ulmer Krankenhaus an, weil ich da bin.
»Charlott hat viel Nachtdienst. Aber heit net. Womöglich wird sie ja bald Oberschwester, dann wird's besser.«
Nach den andern muß ich mich schon selber erkundigen. Onkel Eugen, Elisabeths Lieblingsbruder, ist pensioniert, der Altkirchenrat. Onkel Karl, der älteste der Geschwister, ist tot, der Hof ist verkauft, denn sein Einziger, Vetter Erwin, hat Arzt studiert, geehelicht, eine verwelkte junge Frau, sagt Elisabeth, die rundgesichtige, fröhliche Witwe, fünf fromme Kinder haben die, und Erwin sägt als Chirurg in Ulm teure, private Knochen.
Der Erwin muß anderntags sowieso nach Dornstadt. Der nimmt mich mit. Da ist die Menschenkette. Auf der Autobahn. Charlott besitzt in Ulm eine Eigentumswohnung, dafür hat die Familie Äcker verkauft. Wohnung augenblicklich ohne Mann, sagt Charlott. Sie hat noch ihr Mädchenzimmer bei der Mutter. Und da nächtigen wir jetzt beide. Als wir klein waren, haben wir

uns gegenseitig den Rücken gekrault, wenn wir Angst vor dem Einschlafen hatten.

»Deine schönsten Ferien«, zitiert Charlott. »Obwohl Olga da nicht dabei war.«

»Ja«, sage ich, »schönere Ferien als die mit den Eltern am Lago Maggiore.«

Charlott streckt ihre Hand aus. Krault mir den Rücken.

Sie kommt morgen nicht mit. Alle im öffentlichen Dienst, auch Krankenschwestern, sind zum Arbeiten verdonnert worden. Damit niemand zur Menschenkette der Friedensbewegung gehen kann.

»Ich hab im voraus genug agitiert«, sagt Charlott, »ich muß morgen nicht extra mutig sein.«

Und sie lacht. Jetzt, wo's fertig ist, interessiert es sie nicht mehr so. Sie ist wie eine Köchin, die nicht mitessen will, die vom Kochen satt geworden ist.

Wochenlang hat sie einen Frauenstammtisch geleitet. Da haben sie erst mal meterweise Broschüren gelesen, über Aufrüstung, Nachrüstung, Abrüstung, Wettrüstung. Schwellenländer.

Die Männer haben gesagt, hent die Weiber nix bessres z' doe als im Wirtshaus sitze?

Das ist jetzt vorbei. Sind sogar ein paar Männer dann mitgekommen.

»Einer hat gesagt: Schwellenländer, das müßt ihr euch obszön vorstellen. Die werden bald können.« Gelacht haben sie nicht.

»Bei dene Rakete, um die wo's gôht, isch elles scho obszön gnueg.«

Ein Chaos wird's morgen, sagt sie.

Und ich sag', daß ich Angst vor so vielen Menschen hab'. Ich fürchte mich, in einem Haufen mitzumarschieren, der von dynamischen Töpferinnen wimmelt, ich freu mich gar nicht auf körnerkauende Glatzköpfe mit handgehäkelten Spruchbändern,

Dorfkommunarden mit Holzschuhen und natürlich-angebautem Knoblauchgeruch, auf die Eitelkeit von Prominenten, die ungedüngte Plätzchen essen und urologische Teesorten trinken und Heiligs Blechle reden, mit Wanderliedern und Lobsprüchen auf die alten Hohenzollern.
Charlott sagt, so kennt sie mich gar nicht, so gelöst.
»Deine Briefe send elle wehleidig gwe.«
Ich mache den ganzen Morgen das, was alle Angereisten in Dornstadt machen: herumgehen, mit wildfremden Leuten zusammenstehen, aber ich ertappe mich dabei, daß ich mich zu den Einheimischen rechne, die Fremden erlebe wie eine, die nachher noch da sein wird, wenn dieser ganze Schwarm verflogen ist.
Die vielen Leute. Wie früher, als das Zirkusvolk ins Dorf kam, Exoten. Schon die Kleidung. Gelbe Windjacken, viel Lila. Ganze Busladungen mit Nelken am Revers: das ist die SPD. Teure Spruchbänder: die DKP. Gruppen von Gesichtern, die auffällig grundanständig wirken: die Kirchenleute. Keine Ringe unter den Augen.
Ein Journalist befragt einen jungen Landwirt, der ihm lachend Antwort gibt.
»Mir hent die Polizischte sogar grad g'fragt, wenn sie Tränengas verwenden, ob mer des Gemüse noch esse kô. Aber die hent mir g'sait, ja des wisset mir au net.«
Der erstaunte Blick eines kleinen Mädchens über die vielen Busse erinnert mich an ein Photo aus England: Soldaten schauen fassungslos die Frauen an, die den Stacheldrahtzaun des Raketenstützpunktes durchschneiden. Auf Frauen, die Blumen und selbstgebackenen Kuchen mitbringen, können sie nicht schießen. Auf einem anderen Photo haben die Frauen sich an den Händen gefaßt, bilden die erste Menschenkette in Europa, zwischen einigen der Frauen steht ein Soldat, der ein Stück Kuchen in den Mund steckt und den Kopf wendet, dorthin, wo Gebäude auf dem Raketengelände zu sehen sind. Er wartet wohl auf eine Reaktion von

Vorgesetzten über sein Kuchenessen, seine Bestechlichkeit. Die Geste und die Haltung erinnern mich an die erste Menschenkette überhaupt: Beim Marsch der Armen nach Washington Ende des 19. Jahrhunderts, über den es Photos gibt, auf denen sich weiße Zuschauer am Straßenrand umdrehen nach irgendjemandem, der einschreiten müßte, das Heer oder der Gott der Farmer.

Dann auf die Anhöhe. Der Himmel ist sehr blau, und trotzdem ist es im Tal diesig. Da stehen wir, und von weitem sehen die Leute aus wie Silhouetten, die Anhöhe hinauf zu uns und dann wieder hinab Richtung Ulm. Einige fassen sich an, versuchen vielleicht, ihre Scheu rechtzeitig loszuwerden? Ich glaube, daß viele zufällig zusammenstehen und das eigentlich noch ändern wollen, ihre Augen schauen flink nach Freunden aus. Aber die Beine bleiben. Es ist beschlossen: der erstbeste soll der Nachbar sein.

Die Straße macht eine sanfte Kurve. Dort ist besonders viel Gedränge. Reporter um einige Prominente herum, daneben ein paar Leute aus dem Ort, auch der greise Bauer, wegen seiner malerischen Physiognomie dauernd photographiert. Steht da in einer altälblerischen Aufmachung. Die Reporter schwanken sichtlich zwischen Prominenz und Urwüchsigkeit.

»Wie war denn das für Sie, als Sie das erstemal von der Menschenkette gehört haben? Daß es hier eine Menschenkette der Friedensbewegung geben wird von Stuttgart nach Ulm?«

Jakob Wurster heißt der alte Mann.

»Auf des wart i scho seit sechzig Jôhr.«

Einen Nachbarn zur Rechten habe ich zufällig. Links stehen sie noch im Kreis.

Es kommt mir plötzlich vor wie damals in der Tanzstunde. Wen krieg ich?

Dem rechts scheint alles recht zu sein, er weiß noch nicht, daß meine Hände spätestens nach fünf Minuten schwitzen werden. Läßt man Hände, die voller Schweiß sind, einfach los? Greifen

Ordner ein, die auf Fahrrädern immer wieder vorbeikommen? Teilen sie Papiertaschentücher aus? Ich bin einfach nervös.
Ein Mädchen hält mir die Hand hin, linkerhand. Schaut mich an, kurz prüfend, schlägt ein. Handschlag. Die Nervosität ist mit diesem Schlag weg.
Ich greife mir die Hand des rechten Nachbarn, und mit einemmal bleibt mir die Zeit stehen.

Die Erzählungen von der Lau im Blautopf, man spricht wieder von ihr, Tante Elisabeth sagt, von Hexen spricht man immer, wenn die Leute Angst haben.
Und nebenbei denke ich unsinnig, daß dieses Händehalten zur Mode verkommen könnte, verniedlicht zur winzigen Attitüde, ein Menschenkettchen von einem Ministerium zum andern, über die Straße, in Firmen vom Betriebsrat durch die Kantine zur Geschäftsleitung. Angst auch vor der Vermarktung. Menschenmaterial in einer Kette durch das vereinigte Europa, fürs Guinessbuch der Rekorde.
Wir werden still.

Bis einer sich urplötzlich losreißt, der Dietrich heißt und der Nietzsche deklamiert:
»Ihr drängt euch um den Nächsten und habt schöne Worte dafür. Aber ich sage euch: eure Nächstenliebe ist eure schlechte Liebe zu euch selber!«
Aber sie fangen ihn einfach wieder ein. Er steht mit hängenden Schultern da, der Dietrich, stumm. Die Kette ist wieder geschlossen.
Ich träume von Onkel Tom, das ist der *gute Neger* aus dem *guten Buch* Onkel Toms Hütte, das ich als gutes Kind immer wieder gelesen habe. Ach, Tom, du hättest unmöglich durch deine Arbeit solche Kleider und solche Kost verdienen können wie du sie bei mir hast. Das weiß ich alles, Master, Master ist so gut gewesen,

aber Master, lieber hätte ich schlechte Kleider, schlechte Wohnung und alles schlecht und es wäre mein eigen, als wenn ich alles zum besten hätte und es gehörte einem andern. Ich glaube, es ist Menschennatur, Master. Onkel Tom ist in meinem Tagtraum Galeerensklave in Ketten. Der Kapitän, in römischer Toga, hat das Gesicht von George Washington, und Onkel Tom weint, weil seine Kinder ihn verlassen in Mississippi oder Missouri und nach Washington marschieren, in Ketten, verhöhnt von weißen Zuschauern an den Landstraßen, die Sklaven sind nur ein kleiner Menschenhaufen. Doch jetzt gehen sie einzeln hintereinander, es wird ein langgezogener Menschenzug, und dann fassen sie die Vorder- und Hinterleute an den Händen, und die Ketten klirren beim Zufassen, und George Washington in Washington schwebt von der Kuppel des Kapitols herab auf den Zug der Armen und legt denen in der vordersten Reihe Hawaii-Kränze um den Hals und die klirren auch, wie eiserne Halsketten, und George Washington fliegt in Gestalt des Lügenbarons Münchhausen auf einer Rakete davon vor der ersten Menschenkette. Und die Schwarzen sind jetzt lauter englische Kindergärtnerinnen, die einen Raketenstützpunkt umarmen, und sie rufen: Jetzt nehmen wir uns alle an die Hand, und sie singen und zermalmen den Stützpunkt in ihrer Umarmung. Und der alte Philosoph Günther Anders sagt, es reicht nicht, sich auf den Asphalt zu legen, eingehakt, Arm in Arm, und sich forttragen zu lassen. Das hilft nur dazu, einem ein gutes Gewissen zu verschaffen, man hat dann das Gefühl, man hat alles getan und *ich bin nicht mit schuld*. Aber das ist auch der einzige Effekt dieser Tat, das gute Gefühl der eigenen Güte. Und der alte Bauer Jakob sagt, manchmal, wenn mer drüber nachdenkt, möchtescht du eigentlich gar nicht weiterdenke.

Ein Flugzeug überfliegt die Menschenkette, und von Beimerstetten herüber schlägt die Kirchenuhr die Zeit.

Und der Tagtraum in mir kommt zum Ende. Ich sehe mich leblos am Boden liegen. Aber George Washington holt mich mit Mund-

zu-Mund-Beatmung ins Leben zurück. Er drückt mir seine Lippen auf den Mund, reißt ihn auf, um hineinzuschnaufen. Er pumpt mich so lang mit Leben voll, bis ich kotze.
Abertausende halten einander an der Hand.
Und dann rufen wir, wir haben's geschafft.

Am Abend kommt Charlott vom Krankenhausdienst, und die Familie sitzt am Küchentisch, Tante Elisabeth fragt, ob der Eierlikör schmecke, aber sie möge ihn heute auch nicht. Und Charlott erzählt, ein Norddeutscher habe gesagt, die Menschenkette hätte nicht bei den Schwaben stattfinden sollen, die hätten zu wenig Mumm zur action, es sei ja nichts abgegangen. Aber ihr wär' gleich eingefallen, was der selige Thaddäus Troll geschrieben häbe: Es gibt keine schwäbischen Helden. Der Schwabe bringt das Maß an Phantasielosigkeit, das zum Heldentum gehört, selten auf. Der Schwabe ersetzt Heldentum durch Zivilcourage.
Und Tante Elisabeth trinkt jetzt doch einen Eierlikör und stellt die Flasche gleich in die Kredenz zurück und sagt: »Jetz isch g'nug deklamiert, jetzt wird g'veschpert.«

Akkordeon im Schnee

Gecko

Schimmel hatte Marotten, so liebenswert er auch war. Er konnte ganz schön kauzig sein. Mir sagte er, man könne alle Liebenden in zwei Kategorien einteilen. Die einen würden aus heiterem Himmel fragen: An was denkst du? Das seien die eifersüchtigen Mißtrauischen, im schönsten Moment noch unzufrieden. Die anderen aber würden sich wohlig strecken und mit sanfter Stimme sagen: Erzähl mir was.

In Olgas Zimmer. Olga macht Rauchkringel, und ich erinnere mich mit einemmal an Großtante Lydia, wir feierten ihren letzten Geburtstag, ihren neunzigsten, an einem Sommerabend, da war ich sehr verschwitzt in meinem schwarzen Anzügle.
Die geliebte Freundin sagt: »Erzähl mir was.« Und beides zusammen: die Erinnerung an Großtante Lydia und Olga, der ich von Großtante Lydia erzähle, das zusammen ist ein sonderbar kühlendes Gefühl, denn der Abend ist so heiß, wie jener gewesen ist. Ich erzähle, daß ich die Geburtstagsgäste gesehen habe, wie sie schon am frühen Abend singen, sie sitzen in der guten Stube, voll mit Schweinsbraten und Spätzle, gefüllt mit Kuchen und Schlagsahne und Abendessen und Nachtisch, sitzen sie da, singen schon, mit geröteten Gesichtern, mit aufgekrempelten Ärmeln, die Laderers und Ackermanns und Bellinghausens und Stiers, und der Sekt vom Vormittag schwimmt in ihnen und das Bier und der Tischwein und der Likör und der Kaffee mit Cognac und das Kirschwässerle, nur Großtante Lydia singt nicht mit, sie sagt: »Wegen der Kinder.«
Das sind Cousine Hannah und ich, wir sitzen eng neben Großtante und schlafen halb und verehren sie verschämt. Sie soll es ja

nicht merken. Großtante Lydia sagt, sie mag diese derben Volkslieder nicht, und sie nimmt die Cousine und mich an die Hand und führt uns zu ihrem alten Grammophon im Schlafzimmer, legt eine Schellackplatte auf.
»Das ist ein Walzer, was?« sagt sie, »bei dem habe ich zum erstenmal geküßt.«
Sie greift nach meinen Händen, und plötzlich tanzen wir, Großtante Lydia tanzt mit mir Walzer. Es kommt mir wie eine Ewigkeit vor, und ich rieche ihr Rosenwasser im Haar. Großtante Lydia läßt mich los und setzt sich schnaufend auf ihr altes Kanapee.
»Jetzt ihr«, sagt Großtante Lydia. »Na los, jetzt müßt ihr tanzen, mir zuliebe.«
Cousine Hannah schaut mich an und schaut schnell wieder weg, und ich hantiere lange am Grammophon herum, aber Großtante Lydia sagt: »Was ist denn, auf was wartet ihr noch?«
Und ich mache einen Schritt auf Cousine Hannah zu, und sie bleibt stehen und wartet, bis ich ganz nah vor ihr bin, so lange wartet sie, läßt mich zappeln, greift plötzlich fest zu. Und wir fangen vorsichtig mit dem Tanzen an. Obwohl ich Großtante Lydia verehre, vergesse ich sie und küsse zum erstenmal im Leben, oder ich werde geküßt, und Großtante Lydia ist gar nicht mehr im Zimmer.
Cousine Hannah sagt: »Womöglich suchen die uns.«
Und ich sage: »Dann suchen wir Großtante Lydia.«
Man hat uns nicht gesucht. Sie haben mit einer Polonaise begonnen, die geht durchs ganze Haus und durch Mark und Bein und hinaus in den Garten. Großtante Lydia sitzt am Küchentisch und liest mit einer Lupe. In einer ganz großbuchstabigen Bibel. Sie sagt: »Für alte Leut' müßte es auch andere Bücher mit so einer großen Schrift geben.«
Und wir setzen uns zu ihr und hören ihr zu, wie sie aus ihrem Leben erzählt, Läben sagt sie. Nein, sie berichtet nicht bloße Erlebnisse, die sie gehabt hat.

»Das«, sagt Großtante Lydia, »kann ich an alten Leuten nicht leiden, daß sie vom Krieg erzählen und von der Inflation und daß früher alles schöner gewesen sei als heute.«
Während sie spricht, sagen ihre Augen: War's schön zwischen euch?
»Schaut euch euern Onkel Erwin an, der erzählt immer noch von Rußland, und Elsbeth erzählt jedesmal von ihrer ersten Ehe und der Fabrik, die sie damals hatten, als ob sie jetzt in der zweiten Ehe von Wassersuppe leben müßte.«
Wir sitzen bei Großtante Lydia, und sie erzählt, was sie alles in ihrem Leben geträumt hat, sie sagt: »Ich hab' ein schönes Leben gehabt, und ich hab' wunderschöne Träume gehabt. Das kann mir keiner nehmen.« Sie sagt: »Wenn ich den Boden geschrubbt hab', dann hab' ich mir eingebildet, ich bin Matrose auf einem Ozeandampfer, und hab' mir alle Häfen ausgemalt, in die wir einlaufen werden. Und wenn wir sonntags raus zu einem Kiesgrubensee fuhren, hab' ich geträumt, wir sitzen am Strand auf einer Ägäis-Insel, und gleich werden wir Apoll und Aphrodite begegnen, und alles zusammen, Apoll und Aphrodite und der leicht faulige Geruch am See, das war wirklich schön.«
Dann küßt Großtante Lydia Cousine Hannah und dann küßt Großtante mich, und sie sagt, sie gehe ins Bett, und es sei ein schöner Abend gewesen, und sie schlägt die Bibel zu, und ich denke noch, das macht sie aber sehr resolut.

Hannah und ich. Ob das Großtante Lydias letzter Traum war? Wie die beiden Kinder sich küßten, und wie das Hohelied Salomons wieder mal so recht lebendig klang.
Ich habe dann vergessen, was aus Cousine Hannah geworden ist.
In den Ferien kam ich zu Verwandten ins Remstal und schwärmte für ein Fräulein Lehrerin, wir machten Ausflüge in die Weinberge und auf die Hügel. Das Fräulein war groß, im langen Rock. Ich sagte: In einer ungewaschenen Wiese liegen.
Da ging sie schon heiraten.

Olga erzählt, damals, in der Schulzeit, habe sie einen Lieblingsschriftsteller gehabt.

»Der hieß William Saroyan und schrieb Bücher mit Titeln wie »Ich heiße Aram« oder »Menschliche Komödie«. Ein amerikanischer Autor armenischer Herkunft. Und man behauptet ja, in Armenien sei das Erzählen erfunden worden, vor Jahrtausenden von Jahren. Doch William Saroyan lebte in den USA und die Leute dort sagten wohl, er mache etwas falsch. Jedenfalls kaufte zwanzig Jahre lang kein Schwein seine Geschichten. Denn in Amerika ist eine Kurzgeschichte gut, wenn sie am Schluß eine Pointe hat. Ernest Hemingway machte das zum Beispiel so: ›*Am Morgen stand die Sonne hoch, und im Zelt begann es heiß zu werden.*‹ Nick kommt also wegen der Hitze nicht zum Angeln und die Geschichte könnte schlimm ausgehen, aber die Pointe ist dann die: ›*Viele Tage lagen vor ihm, an denen er im Sumpf fischen konnte.*‹ Das ist eine typische amerikanische short story.

Ich hab' stattdessen William Saroyan gelesen«, erzählt Olga. »›*Eines Tages kam ein Mann auf einem Esel in die Stadt geritten und begann in der Volksbibliothek herumzulungern.*‹ Na, das könnte doch was werden. Es wird aber nichts. Am Schluß heißt es: ›*Er war einfach ein junger Mann, der auf einem Esel in die Stadt geritten kam, sich tödlich langweilte oder so etwas, und der die Gelegenheit ergriff, sich von einem kleinen Stadtjungen unterhalten zu lassen, der sich auch zu Tode langweilte.*‹ Irgendwann begriff ich, daß die Geschichten dieses Menschen zwar am Ende keine Pointe hatten, doch dazwischen sehr viele.«

»Bei mir war's so«, sage ich, »einmal nahm mich meine Mutter zu einem »Bunten Abend« mit. Da trat ein älterer Herr auf, den kannte ich nur von einem Buchumschlag. Er hieß Werner Finck und hatte eine riesige Nase, er mußte im Rentenalter seinen Lebensunterhalt offenkundig damit verdienen, daß er auf Seniorenausflügen den Conferencier mimte. Er sprach keinen einzigen Satz zuende, sondern hörte mittendrin so pointiert auf, daß alle

Rentner die Pointe verstehen konnten, wenn sie Lust hatten. Erst später erfuhr ich, daß Werner Finck schon seit den zwanziger Jahren berühmt war. Er gründete 1929 das Kabarett *Katakombe* und trat später im *Kabarett der Komiker* auf. In seinen Auftritt stürmte einmal die SA herein und schrie ihn an: ›Judenjunge raus!‹ Werner Finck sagte: ›Ich bin kein Jude, ich sehe nur so intelligent aus.‹«

Danach plaudert man eigentlich nicht mehr.
Erst in der Nacht.
Ich erzähle von Onkel Fritz. »Der war in der ganzen Sippschaft, die Laderer hieß, der einzige, der nicht Laderer hieß und nicht erbberechtigt war, er hieß Stier, er war unehelich. Großtante Lydia hieß Stier. Onkel Fritz war Konditor, und die Kundschaft sprach ihn natürlich mit Herr Laderer an, obwohl alle wußten, daß er ein unehelicher Stier war. Endlich kam eine jungverheiratete Fremde und wußte von nichts und sagte Herr Stier, denn so stand es klein vorn am Laden dran. Da lachte Onkel Fritz und fragte, ob sie nicht erzählen möchte, wo sie herkomme. Nein, das wollte die junge französische Frau nicht, sie wollte auch gar nicht so angelacht werden. Das endete dann damit, daß sie und Onkel Fritz heirateten, und die junge Frau Michèle mußte sich vorher von ihrem Fabrikanten scheiden lassen.«

In dieser Nacht wachte Olga auf und setzte sich hin und berichtete: »Da kommt ein Schmetterling herangeschmettert.« Sie schlief sofort wieder ein.
Recht hat sie: Ein Schmetterling heißt Schmetterling und sollte, wenn er kommt, heranschmettern. Das ist eine Erzählung. Ich möchte mit dem Üblichen danach nie wieder zufrieden sein, schwor ich mir beim Einschlafen. Und wurde von Olga heftig geweckt. Sie hatte es sich in den Kopf gesetzt, mit mir in die Stadt zu fahren.

»Was heißt das: in die Stadt?«
Zum Glück war damit gemeint, die Fahrräder in die S-Bahn zu schleppen und letztlich durch unseren geliebten Tiergarten zu radeln.
Kalt war's. Und schön. Und Olga erzählte in den Pausen, auf der Luiseninsel, an der Rousseauinsel, am versteckten Denkmal eines Prinzen, im Gebüsch. Zwischen Küssen, die in albernes Kitzeln übergingen.
»Eine Gisela«, kicherte Olga, »eine Gisela erzählt ihrer Freundin Ute ausführlich, was sie am Abend vorher ihrer Freundin Vera erzählt hat und was die Freundin Vera dazu gesagt hat, und nun kann man zuhören, was die Freundin Ute dazu sagt, was Gisela sagt, und dazu, was Vera gesagt hat, zuhause wird Ute ihrem Freund Jens erzählen, was Gisela erzählt hat und was sie dazu gesagt hat, und Gisela wird ihrem Freund Klaus erzählen, daß sie Ute erzählt hat, was sie Vera erzählt hat, und was Ute gesagt hat. Jens wird mit Klaus in der Kneipe sitzen und erzählen, was Vera Ute gesagt hat und daß Gisela Ute erzählt hat, daß Vera Ute das erzählt hat, und Klaus wird Jens in der Kneipe erzählen, daß Ute Gisela erzählt hat, was Ute Vera gesagt hat, und daß Vera Gisela gesagt hat, daß Ute Vera das gesagt hat, und Gisela wird mit Vera im Café sitzen und erzählen, daß Klaus Jens erzählt hat, daß Ute Vera das erzählt hat und daß Ute Jens erzählt hat, daß Klaus Gisela das erzählt hat.«
Und wir kicherten und aus dem Kichern wurden heftige Griffe und Bisse und wohlige Handarbeit im bunten Laub.
Und dann darf geraucht werden. »Konstanze«, erzählte Olga, »Konstanze hatte mal einen Freund, der arbeitete als Krankenpfleger in einer Klinik. Er habe ihr, sagte Konstanze, so gern erzählen wollen, was in der Klinik Patienten erzählen. Eine alte Dame wacht auf und sagt: ›Die Tischdecke hat einen wunderschönen Lochsaum.‹ Der Pfleger trocknet ihr die Stirn und fragt: ›Was bitte ist ein Lochsaum?‹

Nach vier Wochen wird die alte Dame entlassen, sie sagt zu ihm: ›Ich war mein Lebtag lang in Stellung, ich habe sehr schöne Tischdecken mit Lochsaum für die Herrschaft gemacht, ich würde Sie gern mal zu mir einladen und es Ihnen zeigen.‹
Er hat sie, sagt er, leider nie besucht. Er hat ihre Todesanzeige zufällig gelesen, er hat sich geschämt. Er hat vergessen, einer Erzählung zuzuhören, der Erinnerung von der Erzählung vom Lochsaum.«

Wir radelten auf der Bellevueallee, und Olga drehte sich um und rief: »Heute abend liest du mir vor!«
Das hasse ich. Am Abend las ich ihr vor, was sie zum Vorlesen ausgesucht hatte. »Das kalte Herz«.
»Alle haben des Lebens Ängste und Sorgen weggeworfen, keines dieser Herzen schlägt mehr ängstlich und besorgt, und ihre ehemaligen Besitzer befinden sich wohl dabei, daß sie den unruhigen Gast aus dem Hause haben.«
Sagt der Holländer-Michel in Hauffs »Kaltem Herz«, und der arme Köhler-Peter fragt: »Aber was tragen sie denn jetzt dafür in der Brust?« Und es handelt sich um die angesehensten Herren der ganzen Gegend. Ein Herz aus Marmelstein tragen sie natürlich, und das soll angenehm kühl sein, wie wir wissen.
Ich ließ das Buch sinken und verwickelte Olga in ein Gespräch, damit ich nicht mehr vorlesen mußte.
»Weißt du noch, wie wir einen Wiesenabhang hinuntergekugelt sind und du gesagt hast: »Jetzt sind wir Kinder. Ab sofort.«
»Ja«, erinnerte sich Olga, »da badeten wir zwischen ganz fremden Fischen im Bach. Höhlen gab es unter Wasser, tief hinein in die Weidenwurzeln am Ufer.«
»Und ich sagte, wenn ich bloß eine Flöte schnitzen könnte, warum bin ich auch so ungeschickt.«
»Ich wollte ja gar keine Flöte«, sagte Olga, »ich mochte Flöten noch nie. Ich mochte auch das Märchen vom Rattenfänger nie.«

»Eine Figur wie die vom Rattenfänger von Hameln«, sagte ich, »läßt sich zurückverfolgen durch die Jahrhunderte und durch die Volkssagen, und ganz früh war es völlig anders, da waren es einflußreiche Sänger und noch früher war es Orpheus, aber immer war es ein Gesang ins Totenreich hinein, was ganz sicher eine lebendige Welt war, in dem Göttinnengestalten über die Lust herrschten.«
Olga nahm meine Hand. »Ich vermute, die gefallenen Engel waren Frauen. Dort oben von Kriegern und Händlern vertrieben.«
»Ja«, stimmte ich bei, »und von Lustlosigkeit.«
»In amerikanischen Pornos«, sagte Olga, »dürfen nur Männer mitspielen, die enorme Puderquasten vorzeigen, aber die werden niemals richtig steil, woran liegt das?« Und ich solle gar nicht antworten, sie wisse es selbst. »Weil es nur ein Symbol ist. Was sich gesellschaftlich abzeichnet, ist wichtig. Für zuhause reicht ein Fang-den-Hut.«
Und dann ging Olga sich abschminken und eincremen für die Nacht und ich schaute ihr ein Weilchen zu und sie lächelte. Ich erinnerte mich, wie ich sie am Anfang unserer Liebe am Schminktisch ertappt hatte, was sie damals ganz offensichtlich nicht schätzte.
»Erzähl mir was«, hatte sie befohlen, »wenn du mich schon beim Anmalen störst.«

Ich erinnere mich: Großtante Lydia erschrickt, wenn ich einfach so in ihr Zimmer hereinplatze. Sie sitzt in ihrem Schlafzimmer und hört eine Schellackplatte. Tango.
»Großtante Lydia«, sage ich, »ich habe ein Rosenwasser, da schmeißt du deins weg. Ich kann dir fünf Flaschen besorgen.«
Sie riecht nach ihrem Rosenwasser, und sie hat einen Stapel Bücher vor sich.
»Fünf Flaschen«, sage ich, »vom Feinsten.« Dann fällt mir erst auf, sie hat anderes im Kopf, und es ist ihr ganz und gar nicht

angenehm, daß ich sie dabei ertappe. Sie kann fast gar nichts mehr lesen, und sie ist beauftragt worden, Onkel Walters Bücher zu sortieren.

Onkel Walter war der Held der Verwandtschaft. Ist im Krieg gefallen, obwohl er auf einer Eliteschule zum Unsterblichen ausgebildet worden war. Und Großtante Lydia soll entscheiden, woran ich mich, der letzte männliche Erbe, nun bei Onkel Walters Büchernachlaß stählen kann.

Sie sieht ganz grau aus. Sie gibt mir dann Scheffels »Ekkehard« und »Germanische Götter- und Heldensagen«, und mehr will sie mir nicht abgeben.

»Was machst du mit dem ganzen Haufen?«

Sie weiß es nicht. »Man kann ja schließlich Bücher nicht verbrennen.«

Und dann versteckt sie die Bücher, die sie mir nicht geben wollte, hinter ihren Unterhosen. Und beschließt, sofort müde zu sein, und ich muß gehen.

Beim nächstenmal sagt sie sofort: »Was ist jetzt mit dem Rosenwasser?«

Ich habe einen älteren Freund, der klaut seinen Eltern im Garten Strauchrosenblüten und macht daraus Rosenwasser, und die Blätter legt er zum Trocknen, und die getrockneten Rosenblätter stopfen wir Indianer in unsere Kastanienpfeifen und schmauchen sie oben in unserem Baumhaus auf dem Ahorn, und wenn uns die Rosenblätter ausgehen, weil mein Freund erwischt wird, trocknen wir Ahornblätter.

»Das riecht aber nicht so gut«, berichte ich Großtante Lydia. Aber gerade sowas will sie jetzt erstehen. Wir feilschen, und dann muß sie für ein Fläschchen Ahornblütenwasser eins der versteckten Nazibücher herausrücken.

Ich gebe zu, ich hab's gelesen. Ich geb' auch zu, daß ich's dann verbrannt habe, obwohl es ein Buch war.

»Und darum konntest du es nie vergessen«, sagt Olga und schwingt den Puderpinsel gegen mich.
Die Sage von dem Recken, der von krummnasigen, kleinwüchsigen Wucherern wie Jesus vom Teufel in der Wüste versucht wurde. ›Gib uns deine Seele, und du wirst der Herr der Welt‹, sagten sie. Dann entführten sie auch noch sein blondhaariges Töchterchen. Doch er befreite es mit seinem Runenschwert, und dann zog er, wie Jesus nach Jerusalem, in Walhalla ein, doch nicht auf einem Esel, sondern auf zwölf Schimmeln, wie sitzt man gleichzeitig auf zwölf Schimmeln, und dann wurde er aus eigener nordischer Kraft und nordischer List der Herrscher der Welt.
»Onkel Fritz hat mir ein paarmal erzählt, wie diese Recken wirklich gewesen sind: Goebbels ein Körperbehinderter, Göring ein Rauschgiftsüchtiger, Röhm eine Tunte mit blauen Flecken, nur daß Hitler bloß einen Hoden gehabt habe, sei nicht erwiesen, aber auf die Hoden sei es bei dem auch nicht angekommen. Großtante Lydia fand das nicht gut von Onkel Fritz. Es sei eine Sache, körperbehindert zu sein, aber eine ganz andere Sache, Nazi zu sein.«

Ich rieche wieder Blütenwasser.
»Eine eingesperrte Frau«, erzählt Großtante Lydia, »war am achtundzwanzigsten April von einem deutschen Offizier mißbraucht worden. Am dreißigsten April geschah ihr das Nämliche durch einen Russen.«
Die Russen hatten die gefangenen Frauen am neunundzwanzigsten April aus dem Lager befreit. Sie sei in der Zeit eine zum Skelett abgemagerte Frau gewesen. Von einer Illustrierten sei sie wenige Jahre danach gefragt worden, welche Vergewaltigung schlimmer gewesen sei, die von einem Landsmann oder die von einem aus Sibirien. Niemand habe sich empört.
Großtante Lydia sagt: »Ich weiß das von deiner Tante Lieselotte, die hat Butterfahrten gemacht, du kennst doch Butterfahrten, wo alles umsonst ist, angeblich, aber am Schluß geht man nach Hause

mit einer Rheumadecke für achthundert Mark. Also Tante Lieselotte saß in der Fähre, und eine Frau setzte sich neben sie, oder wollte sich neben sie setzen, sie hatten beide einen so voluminösen Hintern, daß zwei Plätze dafür nicht ausreichten. Und mit diesem Mißgeschick lernten sie einander kennen, die Lieselotte und die Witwe Bamberger aus Villingen-Schwenningen, und Lieselotte fand da eine neue Freundin, weil sie das dann schließlich mit den Hintern gemeinsam ganz gut hingekriegt hatten.«

Großtante Lydia will jetzt mit mir unbedingt Tango tanzen. So jung kommen wir nie wieder zusammen. Mit dem Ahornblütenwasser will sie künftig verschont werden. Und ich solle ihr ein Buch besorgen, das große Buchstaben habe, aber ein bißchen weltlicher sei als ihr bislang einzig lesbares. Und die Witwe Bamberger habe Tante Lieselotte später gesagt, sie hätte nie geglaubt, daß man noch einen solchen Hintern kriegen würde, nach so einem Leben.
Ich habe »Gulliver« gekauft, in Großbuchstaben, und Großtante Lydia küßt mich und sagt: »Das schönste Kapitel fehlt leider: das mit den Pferden.«
Großtante Lydia hat graue Augen. Sie sagt: »Schon immer gehabt.«
Olga hat braune Augen, nein, nicht braun, nein, nicht gelb, nein, ich weiß nicht. Bernsteinaugen.

Großtante sagt: »Du siehst einem nie in die Augen, wenn man mit dir spricht.«
Und ich werde bockig. »Du hast dünne Lippen.«
Ich kann ihr nicht berichten, daß die Mutter uns so erzogen hat. Niemandem mitten in die Augen sehen. Sie hat es nie begründet.

Großtante hat keine dünnen Lippen, sie kneift die Lippen zu, beim Lesen mit der Lupe.

Die Geschichte von den Pferden, die sich Menschen halten, die hat sie ja zum Glück im Kopf. Und ich den Geruch, in einem uralten Haarkranz. Kastanien liegen um die Kirche herum. Beim Einkaufen spiele ich Fußball mit den Kastanien, oder ich stecke mir einige in die Taschen und vergesse sie wie ein hübsch behütetes Geheimnis.

Der Tag war kühl, doch die Sonne stand noch erstaunlich hoch, eigentlich hätte man aufstehen müssen und Fahrrad fahren.
»Schon nach der Darstellung von Lebensszenen in den Gräbern der Pyramidenzeit sowie nach den flüchtig hingeworfenen Scherbenzeichnungen des Neuen Reiches zu urteilen, hatte der Ägypter für das Komische einer Situation oder Person einen wachen Sinn.«
Wolfgang von Einsiedel habe das geschrieben, verriet Olga.
Ich sagte, Einsiedel sei ein wunderschöner Name, wir müßten gar nichts. »Wir können uns einsiedeln oder einigeln.«
Olga wehrte sich: »Jetzt wird es nämlich ernst, weil's um das Komische geht.«
Nein, das sei kein Kalauer, sondern ein schwieriges Fach.
»Den Unterschied zwischen dem Lächerlichen und dem Komischen wirst du nie begreifen. Niemals nicht. Niemalen.«
»Ich habe es längst verstanden.«
Und da sie mir nicht glauben mochte, machte ich den Fehler, ihr etwas Unanständiges zu erzählen, zum Beweis. Darin kam eine andere Frau vor. In jungen Jahren lernte ich einmal eine humorvolle Ägypterin kennen, die mir präzise vorschrieb, wieviele Zentimeter wegen familiärer Vorschriften eine unverheiratete ägyptische Frau einen nicht an einer Heirat unmittelbar interessierten Mann nahekommen lassen darf, ohne Schaden an ihrer jungfräulichen Seele zu nehmen. Das war in der tiefen Nacht, und beim Frühstück sagte sie, hättest du denn noch einen Zentimeter gehabt? Und biß sich lachend in die Unterlippe und sah schön und mit sich zufrieden aus.

Sie heiratete einen ägyptischen Diplomaten. Er war koptischer Christ, sie konvertierte ihm zuliebe. Nach der Geburt ihres vierten Kindes schrieb sie mir, wir könnten uns auch außerhalb von Geburtstagsgrüßen schreiben. Ich schrieb, es sei ja auch vielleicht einseitig, weil ich immer noch nicht Vater geworden sei. Sie aber antwortete, ob ich gelernt hätte, in meine Unterlippe zu beißen.
»Sie war Computerexpertin geworden, und bald korrespondierten wir über ein wundervoll lächerliches Thema: die willkürlichen Vorschriften oder Gewohnheiten von Computern. Ein Lektor, schrieb ich ihr, habe mich gefragt, was ein Zwergelstern sei, in einem Manuskript hätte ständig ein Zwergelstern unsinnig in den Sätzen herumgespukt. Der Schreibcomputer des Autors war natürlich schuld. Zwergelstern hieß ganz anders. Zwerg-Elstern. Zwergelstern sind schöne Vögel.

»Es gibt einen Film«, sagte Olga, »der grandios mit einer Ellipse über viele tausend Jahre beginnt: Ein Mensch wirft einen Knochen weg, der Knochen fliegt durch die steinzeitliche Gegend und verwandelt sich in ein interstellares Fluggerät. So einfach lassen sich Geschichten erzählen.«

Regen, glitschnasse Füße, Gedränge an der Haltestelle, die Vorfreude auf Gemütlichkeiten zuhause, ein paar Minuten noch, mit dem Bus. Und er kommt nicht. Der Regen ist prompt doppelt so stark. Herumstehen mit finsteren Überlegungen im Kopf. Es ist nicht die große Bewährung für die Ewigkeit, nein, es sind die fünf Minuten, die der Bus nicht kommt. Manche schwören auf Magie. Kaum zünden sie sich eine Zigarette an, biegt schon der Bus um die Ecke.
Der erzwungene Zustand. Ohne irgend einen Gedanken. Spät am Abend an einer Kreuzung. Die Ampel rot, weit und breit fährt kein Auto. Also losgehen. Und auf einmal der Polizeilautsprecher, der durch Mark und Bein dröhnt, und siebenundzwanzig

Menschen schrecken aus dem Schlaf hoch. »Die Ampel ist rot, auch für Sie!«

Am schlechtesten schlafe ich, wenn ich unnatürlich früh aufwachen muß. Man traut sich ja kaum zu träumen.

Beim Erwachen sagte Olga: »Warum stierst du an die Decke?« Und ich antwortete wahrheitsgemäß, aber verschlafen: »Ich warte, daß der Wecker klingelt.« Da lachte sie und erzählte etwas zum Aufmuntern, aus früher Jugend.

»An einem verregneten Nachmittag saß ich mit einem Jungen im Kino, zu mehr hatten wir kein Geld. Wir küßten uns, und er wollte sofort wissen: ›Woran denkst du?‹ Und ich sagte: ›Wenn nur der Film endlich aus wäre.‹ Wahrscheinlich klang es so, als ob mir der Kuß nicht gefallen hätte, dabei wollte ich sagen: ›Ich sehe uns schon auf einer sonnigen Wiese, statt bei Regen im Kino.‹«

Olga stand auf und erzählte abschließend: »Ich habe ihn nie mehr getroffen.«

Sie beschloß, ihr sei heute nach nassen Wiesen, nach all den dämmrigen Küssen. Und so geschah es, daß wir einen ganzen Nachmittag im Regen über Wiesen liefen, bis unerwartet der Himmel errötete. Auf der Heimfahrt in der S-Bahn trockneten wir uns aneinander, im Blickfeld einer durchnäßten Ausflüglerfamilie.

»Die sehen alle ungeduldig aus«, flüsterte Olga und verweilte eng an meiner Schulter. Die Familie schaute streng, und tropfte ganz stumm auf den Waggonboden.

Olga wurde lebhaft. Ihr Bäsle Waltraud habe auch so streng schauen können. Immer, wenn sie auf etwas warten mußte. Sie vertrug *dui Herrgottswarterei ned«*. Sie verabscheute alles Unvollendete, sie verkürzte alles Nichtfertige, wenn es ihr zu unentschieden war, schleunigst zu einem Ergebnis. Einmal sahen sie auf einem staubigen Auto SAU stehen. Base Waltraud wischte drumherum und vervollständigte das Wort auf der Stelle. SAUBER stand dann da.

Sie heiratete ihren Erstkläßlerkameraden. Keine Umwege, keine Umschweife, sie schien es sofort beschlossen zu haben.
Nach neun Monaten Ehe bekam sie Zwillinge. Damit war auch das erledigt.

Jetzt war ich dran. Mein Vater nahm mich Knaben sonntags immer zum Fußballspiel mit. Wir sahen stets nur die erste Halbzeit, dann wollte er unbedingt ins Wirtshaus, sein Viertele schlotzen. Ein, zwei sehr gemütliche Stunden, in denen das Eigentliche kaum wahrzunehmen ist, das Trinken, doch das Wesentliche geschieht: das Viertele schlotzen. Man stört dann nicht mit Problemen, rutscht nicht unruhig auf dem Stuhl herum, denkt man überhaupt was? Ja, in einem einlullenden Dämmern. Manchmal fällt ein Satz, ja, fällt ins Dämmern. Wenn ein nächster Satz kommt, muß er gewiß nicht auf den ersten folgen. Vielleicht grübeln wir untätig. Manchmal war es auch in der Liebe so – wenn nicht gerade unbedingt das Problem Klimax im Spiele war.
»Ganz anders als dein Bäsle benahm sich meine Tante Ruth. Wegen einer Krankheit war sie eine Zeitlang beim Arzt, gut zweimal die Woche im Wartezimmer, da fing sie an, das Wartezimmer zu mögen. Sie hatte bald die Gewohnheit, nachmittags ins Wartezimmer zu gehen, um zu warten. Bevor sie aufgerufen wurde, ging sie weg. Nach einiger Zeit wurde sie gar nicht mehr aufgerufen, sie war auch schon wieder gesund, sagte sie. Doch sie ging hin, sie ging warten. Mutter schüttelte über Ruth den Kopf. Haben wir nicht lange genug im Keller gehockt und auf Entwarnung gehofft? Haben wir nachher nicht lange genug in Stube und Küche gehaust und uns nach einer anständigen Bleibe gesehnt? Da war ich noch zu klein, jenes Warten habe ich nicht erlebt, ich war nur dabei.«

Auf der Straße roch es gut. Nach dem Regen dieser unverhoffte Geruch der Sträucher im Park. Der zum Stehenbleiben verführt, als ob man ihn nur selten im Leben genießen könnte, und als ob dies die Quintessenz des Riechens wäre, ein kleines, kompaktes Glücksgefühl. Schon schmeckt der Kuß nach dem, was wir riechen, und der Regen wird zum Tau. Gleich kommt der Abendstern.

Die Isländer häuften einst Steinhaufen auf, als Wegzeichen. Die hießen: varda. Das Zeichen des Hinschauens.

Wir glaubten, die Kneipenfreunde müßten unseren Geruch nach Regen wahrnehmen, doch sie gifteten nur, weil wir so spät kamen. Irgendwer hatte Geburtstagsrunden auszugeben, da ist man doch pünktlich.

»Man schlägt ja sonst immer die Zeit tot«, sagte der erste, »man guckt auf die Uhr, man giert nach was, egal was. Daß eine tolle Frau auftaucht. Daß einer die nächste Runde ausgibt. Daß ich mal wieder den Absprung verpasse.«

Der zweite: »Ich hab nichts gegen zuviel Zeit. Entweder hab ich die richtige Stimmung schon nach dem dritten Wein, oder ich muß halt noch einen trinken.«

Er muße nicht, denn die Musiker erschienen. Der polnische Akkordeonvirtuose, die Geigenspielerin, ebenso meisterlich, und ihr Freund, der bescheiden auf der Gitarre begleitete, sammeln ging und den alten Diesel steuerte. Da spielten sie, auf mitgebrachten Klappstühlen hockend, Slawisches und Frankophiles. *Stenka Rasin, Schwarze Augen, Valse triste* und Musette, und den *Hummelflug,* auf Wunsch eines einzelnen Herrn, der hier fremd war und, der Pasta harrend, die mitgebrachte FAZ studierte. Nach dem Geldeinsammeln tranken die Musiker noch am Tresen mit, und das virtuose Gespann unterhielt sich polnisch, und der beschwipsteste der Stammgäste fragte die Violinistin, ob er noch eine Musikerrunde spendieren dürfe, vor allem für sie natürlich, und sie antwortete mit einer heftigen Ablehnung, und er wollte wissen, wo sie so gut Deutsch gelernt habe, und sie sagte: »Willst du mich verarschen? Ich bin aus Ferch!«

Und dann begannen wir alle das Claire-Waldoff-Lied zu singen: »Wir fahr'n nach Potsdam, nach Werder, nach Ferch!« Und so laut wir konnten: »Es fragt sich nur, wie komm 'wa mit Miezn übern Berch.«
Der mit der vielen Zeit philosophierte noch.
»Als Junge wartest du auf das erste Mal. Dann auf die Karriere. Und dann darauf, ob die dritten Zähne haften bleiben. Auf ein wenig Glück zwischendurch mal. Und daß irgendwas passiert, über das man später sagen kann: Das war's gewesen.«
Jetzt hätte man aber getrost zum vierten Wein übergehen können. Wenn da nicht die Frau aus Linz an der Donau gewesen wäre, die etwas sagen wollte, ehe wir bestellten. »Wir in Österreich«, berichtete sie, »haben ein lustiges Wort, das zum Thema paßt: warteln.«
Warteln. Zanken. Oder ein Wortwechsel, bei dem man, erklärte sie, auf das heftige Ende nicht lange zu spicken braucht, und hinterher, sagte sie, kommt beim schönsten Warteln die Versöhnung.
»Komm«, schlug Olga begeistert vor, »gehen wir heim, ein bißchen warteln.«

Olga

An einem Sonntag befestigte ich eine Kinderschaukel an den zwei Buchen neben dem Haus. Einfach so, für mich. Setzte mich auf's Schaukelbrett und fuhr schwungvoll die Beine aus. Schaukelte und war für niemanden zu sehen. Später Herbsttag. Sonnenlicht in den Buchenblättern. Jírina, mit langem Rechen, und Gecko, das Schäufelchen in der Hand, kehrten Laub zusammen. Rostbraunes Laub, den Kiesweg entlang zum Gartentor.
Dort stieg Rose aus einem Taxi.

Sie erkannten sie nicht, woher auch.
Gecko hatte den vertrauten Ton drauf, den er bei mir immer hat.
»Warst du beim Friseur?«
»Ich bin nicht Olga«, sagte Rose und lächelte.
Jírina war begeistert über die Zwillingsschwester.
»Rose, stimmt's?«
Die nickte und lächelte.
Zusammen trugen sie die Koffer ins Haus.
»Hilfst du mir beim Salatputzen?«
»Aber gern. Ich hab Kohldampf.«
Ein verwirrter Gecko stapfte hinterher, mit leeren Händen.

Ich ließ ihnen allen Zeit, kam erst zum Abendbrot, küßte Rose eine Ewigkeit.
Das Schweigen, das folgte, war schön. So saßen wir um den Tisch herum.
Gecko hielt das nicht aus, schaute mich an, schaute Rose an. Und nun sprach er zu ihr.
Nicht mehr der vertraute Ton. Der erregte Gecko, wie immer, wenn er erstmals einer schönen Frau begegnet.
»Und wie lange habt ihr euch nicht gesehen?«
Ihre Antwort war richtig. »Eine Ewigkeit.«

Beim dritten Glas Merlot interessierte ihn unvermittelt, ob Zwillinge, auch wenn sie lange Zeit getrennt seien, sich ähnlich blieben, ob sie ähnliche Erinnerungen hätten.
Keine Antwort. Aus Schimmels Zimmer wehte Musik vom Feinsten: *The Grateful Dead.* »Anthem of the sun«.
Ein langgezogener dunkler Ton. Mittenrein Geckos sture Wiederholung.
»Ob du ähnliche Erinnerungen hattest.«
Rose sah ihn nicht an.
In die Luft sprach sie. »Ich hab' keine Erinnerungen. Ich war krank.«

Schimmel sagte: »Unser Thema nach der Werbepause: Die ›Krankheit Erinnerung‹.«
Rose sagte, sie sei schon fertig, wir könnten ruhig zum gemütlichen Teil übergehen.
Den ganzen Abend schlich Gecko um die schöne Rose herum. Vermutlich hätte er ihr gern beim Auspacken geholfen und sie am Ende mit ausgepackt.
»Bist du müde?« Es gab wohl nichts, wo er Hand anlegen durfte. Er schlich um mich herum. Er hatte den bedeutungsvollen Nachtblick.
»Ich hab mich noch geduscht.«
»Tu mir den Gefallen und kümmere dich ein wenig um Rose.«
»Wie? Ist das jetzt alles? Schläfst du jetzt?«
»Ich bitte dich. Von Herzen. Kümmere dich um sie.«
»Du hast ihr noch gar nicht von deinem Arzt erzählt.«
»Das mach ich hinter deinem Rücken, keine Sorge.«
Da ging er Schimmels Musikreminiszenzen lauschen.

Am Morgen hörte ich die beiden im Garten.
»Schreibt Olga noch Tagebuch?« fragte Rose.
»Äh, ja, nehm ich an«, sagte Gecko.
»Mußt du doch wissen.«

»Sowas les ich nicht.«
»Ich hatte mal einen Freund, der las mein Tagebuch und war zutiefst schockiert. Ich war wütend, du glaubst nicht, wie leidenschaftlich wir in der Nacht waren.«
»Na das würd ich gern mal lesen.«
»Danach schrieb ich ganz anders. Ich wollte, daß er es las, und ich schrieb so, als dürfte er es nie in die Hand bekommen.«

Mich trieb es zu meiner Schaukel.
Zum ersten Mal sah ich Gecko Unkraut zupfen.
»Wie kann man euch eigentlich unterscheiden?«
»Wozu? Frag Olga. Sie wird die Brauen enger zusammendrücken.«
Ich hatte ihn ja gebeten, er solle sich um sie kümmern.
Ich wollte aber auch sehen, wie er das machte. Das einzige, was dabei heraussprang, war, daß sie sich ihm entzog.
Er wartete auf sie, lange. Ein wartender Gecko am Gartenzaun, da dämmerte es bereits.
»Wo warst du den ganzen Tag?«
Eine fröhliche Rose legte ihm die Hand ans Kinn.
»Ich bin Zug gefahren. Ich war an einem See. Ich hab von Fischen geträumt.«
»Du warst einfach weg.«
»Hab ich was versäumt?«
»Jetzt hast du gereimt.«

In der Küche tat Schimmel ganz verschwörerisch.
»Ich hab noch Zeug in dem leeren Zimmer, sag's ihr. Ob ich das lieber raushole.«
Ich meinte, das würde sie nicht stören.
Jírina berichtete, das Zimmer sei seit Roses Einzug sowieso schon das reinste Chaos. »Man kommt kaum rein, der Boden ist voller Zeichnungen.«

»Was meint sie mit ›Ich war krank‹?« fragte Schimmel.
Jírina war noch bei den Zeichnungen. »Lauter Fische.«
Schimmel sah mich unverwandt an. »Psychokrank?«
»Sie hatte eine schwere Zeit«, sagte ich und wollte es eigentlich nicht sagen.
»Aber ausgestanden«, fragte Schimmel, »oder?«
»Fische malt die, lauter Fische, nichts als Fische.« Jírina ging kopfschüttelnd Bettwäsche suchen.
Gecko trank. Er besoff sich regelrecht. Und Rose hielt mit.
Ich sah mir Rose an wie ein Spiegelbild, das plötzlich eine Rotweinnase bekam. Die Äderchen schwollen und platzten unanständig.
»Auch ein Glas?« Schon hatte er es mir gefüllt, und es wurde angestoßen. »Weißt du noch, unsere Kneipentouren? Das waren Zeiten, was, Olga?«
Und er muß es gleich allen erzählen. Wie man am frühen Morgen nach Hause wankt.
»Unter vielem Knutschen. Gevögelt auf dem Balkon. Hoch über den Bäumen, hinter dahinfetzenden Wolken wenige Sternenlichter. Der Abendstern ist fort. Unsichtbar für uns verwandelt er sich allmählich in den Morgenstern. Die ersten Zeitungen werden ausgetragen, und ein übernächtigtes Paar schwankt an den Hauswänden entlang, trunken von Alkohol und Erwartung.«

Ich erinnere mich. Die Katze neben uns auf der Brüstung, wie sie das neue Katzengras probiert und einen Moment lang vergißt, die Zunge einzuziehen. Geckos Flüstern. »Es lohnt nicht mehr, schlafen zu gehen.«
Ein heller Streifen hinter der Allee im Osten.
Den Blick auf etwas richten. Oder die Aufmerksamkeit. Von der hohen Warte aus. Auch wenn wir nur zwei Treppen hoch stehen.
Und uns mit einemmal zwischen die Augen blicken, ob da eine senkrechte Falte sei, die etwas fragen würde.
Etwas wahrnehmen.

»Warten und wahrnehmen«, lallt Gecko, »beides stammt ja vom selben Wort wahren.«
Ich sage zu der senkrechten Falte, daß niemand mehr das alte Wort wahren gebraucht, und die Falte zwischen seinen Augen verschwindet belustigt, und Gecko sagt: »Nur noch: verwahrlosen.«
Dann glätte ich ihm die Falte. Ich sage: »Oder: bewahre mich.«
Da es Tag wird.

Wir wollen ja bloß nicht überrascht werden.
In der Sonntagsnacht sah ich ein Mädchen in einem Fernsehfilm, das vor dem Spiegel stand und mit sich im Spiegel redete. »Du bist alt geworden. Bald wirst du sein wie alle: ›Ich liebe dich, ich liebe dich nicht, ich liebe dich‹. Du solltest dich schämen. Wenn ich groß bin, werde ich dich durchlöchern wie ein Karnickel.«
Sie war nur in einem Film, aber für einen Augenblick schien der Film anzuhalten.
Ich fand das Kind im Film altklug, und wußte doch, das ist nur die Rolle, die das Kind im Film zu spielen hat. Es ist sehr gut ausgewählt worden: Dieses Gesicht ist sich bewußt, was es ausdrückt. Das ist schon nicht mehr schön mit anzusehen. Die Mutter schreit diese Tochter an: »Zeig mir deine Eifersucht, sonst rede ich kein Wort mehr mit dir!«
Und das Kind erwidert mit ernsthaftem Gesicht: »Ich war noch nie eifersüchtig.«
Ein anderes Kind, das am Strand steht und zuschaut, wie das Meer langsam die Füße bedeckt. Und die altbekannten Venedig-Filmbilder, wenn Melancholie gezeigt werden soll, zugleich aufs Sterben aus und aufs – aufs Knospen hätte ich fast gesagt.
Samthäutige junge Engel.
Gecko brachte schon wieder eine neue Flasche. Ich trank immer noch mit, obwohl mir schon schlecht wurde. Ich wollte sie nicht allein lassen, so nicht.

»Du hörst ja gar nicht zu«, sagte Gecko, und ich merkte, er erzählte Rose von unseren Kneipentouren. Ich spürte, daß sie das wider Willen interessierte. Sie becherten, was das Zeug hielt.
»Weißt du noch, deinen letzten Geburtstag?«
»Wie wir nicht rechtzeitig fertig wurden mit den Vorbereitungen?«
»Mit den Vorbereitungen?« Er lachte. »Du meinst Nachspiel!«
»Nein, ich meinte: Es klingelte, und der erste Geburtstagsgast war im Anmarsch. Zu früh.«
»Alles war fertig«, berichtete Gecko Rose und vergaß seine Kneipentouren. »Der Tisch war gedeckt, das Essen im Backofen, die Vorspeisen waren angerichtet, die Getränke parat. Nur wir waren noch nicht vorzeigbar, wir hatten der zuverlässigen Unpünktlichkeit in unseren Kreisen vertraut.«
»Ihr wart nackt?« Rose wollte es jetzt genau wissen. Die Zungenspitze befeuchtete die Oberlippe.
Wenn er jetzt unsere Nacktheit zugibt, ist alles in Butter. Wenn er sich schämt, ist es doch ernster mit seiner neuen Verknalltheit.
»Olga öffnet im Bademantel«, berichtete Gecko, »und erklärt dem frühen Gast: ›Ein bißchen was sollte ich mir schon noch anziehen, was meinst du.‹ Und der grinst.«
»Der Bademantel stand weit offen«, sagte ich, und darüber lachten wir Frauen.
Jetzt kann er erzählen, was immer er will.

Gecko erzählte: »Ich weiß, ich bin zu früh«, sagt der gute Freund, »ich würd mich gern noch ein Weilchen in eine Ecke setzen und mein Buch auslesen, bevor hier die ganze Bude voll wird.«
Ich zog das Tempo an. »An diesem Abend wird viel über Verwandte und Bekannte gesprochen, bis eine aufsteht und anmerkt, wir säßen wie die Nornen beisammen, die des Menschen Schicksal spinnen oder stricken oder häkeln. Drum wird getanzt.«
»Und alles im Bademantel?« Rose blieb bei diesem Bild. Und mit einemmal fiel mir auf, ihre Lippen sind voller als meine.

Gecko berichtete sofort, was wir alles anhatten, aber wir hörten ihm nicht zu. Ich sagte, das Tanzen habe mich an unsere Tante Olga erinnert.

»Die hat immer gesagt: Aber eins kann mir keiner nehmen: ›Ich hab' oft getanzt.‹ Sie konnte wie ein Kosake tanzen!«

»Das war die Tante aus der Petersburger Emigrantenverwandtschaft«, erklärte Rose unserem Gecko. »Von der hat Olga, glaub ich, den Namen.«

Gecko sah von einer zur anderen und schrumpfte, je mehr Wein er trank. Und ich erzählte gleich weiter.

»Tante Olga war ihr Lebtag lang im Wartestand, dabei war doch ihre liebste Redensart: ›Das Leben ist eine Polka‹. Die Geschwister gingen aus dem Haus, eins nach dem anderen, Olga blieb und pflegte die kranken Eltern, eins nach dem anderen. Den Vater zehn Jahre lang, die Mutter einige Jahre. Dann zog Olga ins Haus des ältesten Bruders und pflegte den kranken Schwiegervater, denn die Schwägerin war berufstätig und die Schwiegermutter versorgte Enkel und Haus und war selbst nicht mehr rüstig. Als die Schwiegereltern starben, blieb Olga und pflegte die erkrankte Schwägerin, nach einem Unfall war die gelähmt. Als Tante Olga starb, sagte einer der jüngeren Brüder: ›Sie hat ihr Leben lang aufs eigene Leben warten müssen.‹ Aber die Schwester sagte: ›Sie hätte rechtzeitig heiraten sollen.‹«

Rose erzählte Gecko, Olga habe nie einen kennengelernt zum Heiraten.

»Über einen, den die Geschwister ins Haus brachten, da war Olga noch jung, über den einen sagte Olga schwäbisch: ›Der hôt ja so gar koi Eigeschaft em G'sicht.‹

Roses Glas war leer, und es wurde Zeit zum Schlafen. Da erhob sich Gecko, auf unsere Erinnerung noch etwas zitierend zum verhaltenen Abschluß. »Nestroy«, meinte er, »bei dem ein Herr Überall dumme Weisheiten spricht, über eine Fabrikantentochter, die er begehrt und sie läßt ihn warten: ›Übrigens, wenn sie nicht

bald kommt, so weiß ich, was ich tu'; da wart' ich noch länger.‹«
»Ein Hoch auf unsere Tante Olga«, sagte Rose und legte einen Kosakentanz hin.

Meine Liebste, mein Ein und Alles.
Sie liegt auf dem Bett.
»Nimmst du Tabletten, Rose?«
»Ich hab's mir schon gedacht, daß du fragst.«
»Man fragt halt. Ich darf mir doch Sorgen machen.«
»Wie die Mutter. Immer Sorgen.« Sie steht auf.
Sie zeigt mir die Tabletten. Mit grinsenden Mundwinkeln, dann Schmollschnute.
»Wenn ich'n neuen Schub kriegen sollte, steck mich bloß nicht ins Krankenhaus, ist das klar?«
Jetzt sitze ich auf dem Bett und sie steht herum.
»Muß ich jetzt alles erzählen?«
Sie setzt sich auf den Boden, zwischen ihre gemalten Fische.
»Ich würd halt gern das Nötigste wissen.«
»Dann lies mein Tagebuch. Das letzte genügt. Kannst ruhig lesen.«
Wirft es mir zu, hat sie es extra bereitgelegt, falls ich frage?

Sie kamen mitten in der Nacht. Autos und Motorräder fuhren vor. Es müssen gut fünfzehn Glatzen gewesen sein, weniger hätten ja Angst. Sie schlugen alles kurz und klein.
Sie schrien keine Parolen, sie sangen keine Nazilieder, sie zeigten kleine Bubengesichter, mit abstehenden, roten Ohren. Sie schlugen und keuchten.
Sie beschimpften uns als Ausländer. Komisch, wie man da reagiert. Dora schrie: »Ich bin doch aus Nordhausen!« Ehe sie an die Wand geknallt wurde. Jírina zeigte mit dem Finger hinaus zu einem Auto.
»Den kennen wir doch! Den Typ da, den ohne Glatze!«
Der die Kommandos gab, das war Tom. Konstanzes Exmann.

Es dauerte eine Ewigkeit, in Wirklichkeit war kaum eine halbe Stunde vorüber. Sie hauten ab wie die Cowboys zum Viehtrieb.
Jírina verband Dora.
Konstanze trank Schnaps, das hatte ich noch nie gesehen.
Mit Aufräumen waren wir einen vollen Tag beschäftigt. Mit quietschenden Schubkarren.
»Ich kann ihn mir gut vorstellen«, sagte Konstanze. »Im *Ochsen* wird er dann dasitzen und das Geld abzählen und auszahlen.«
Sie lehnte stundenlang an Roses Schulter.
Schimmel fragte auf einmal, wer die dickste Hausratversicherung habe.
»Wir alle melden das an«, sagte Dora.
Konstanze weinte endlich. »Tom«, sagte sie, »der Freier aus dem Westen, bezahlt Ossi-Glatzen wie Nutten. Mein Exmann. Also bin ich mal wieder an allem schuld.«
Rose wiegte Konstanze vor und zurück. »Jetzt mach hier nicht die Pastorentochter.« Das sagte sie nur im Flüstern.
Schimmel wollte das alles nicht hören. »Die Aufräumarbeiten kommen gut voran. Das ist erst mal das Wichtigste.«
»Du redest wie'n Beamter«, schimpfte Gecko und blinzelte zu Rose, wie sie mit Konstanze zurecht käme.
Jírina meinte, ein Gutes habe die Zerstörung ja.
»Bei mir nicht«, sagte Schimmel. »Nur Computersalat.«
Jírina sagte: »Ich finde da plötzlich ein Poem von Jan. Das ist mein kleiner Bruder.«
»Das Archiv krieg ich mein Lebtag lang nicht mehr hin«, knurrte Schimmel.
»Willst du's nicht hören?« Sie fragte Schimmel.
»Ich kenn ihn doch nicht.«
»Da war er erst dreizehn.«
Wir wollten es alle hören.

*Der Morgen
streicht Licht übers Wasser.
Es beunruhigt sich,
vom Flügelschlag der Schwäne geritzt.
In der Leere des Horizonts
zittert ein weißes Segel.*

Schimmel knurrte gar nicht mehr, ganz plötzlich. »Geht die Gitarre noch?«

Seltsamerweise redete niemand von Polizei und sowas. Alle hatten dringende Gespräche, als bliebe uns wenig Zeit.
Rose mit Gecko im Garten. Irgendwas hatte die beiden in Fahrt gebracht, sie steckten die Köpfe zusammen.
»Was es damit auf sich hat? Wie meinst du das, was es damit auf sich hat?«
»Warum du nur Fische malst. Ob das was bedeutet.«
»Die Geschichte der Karpfen ist von einem japanischen Autor des achtzehnten Jahrhunderts. ›Der Mönch schlummerte unversehens ein, tauchte im Traum ins Wasser und tummelte sich dort mit großen und kleinen Fischen. Nachdem er aufgewacht war, malte er sie so, wie er von ihnen geträumt hatte, heftete dann das Bild an die Wand und nannte es *Geträumte Karpfen*‹.«
»Und dann kam der Hecht, was? – Entschuldige.«
»Kurz vor seinem Tod nahm er mehrere Karpfenbilder, die er gemalt hatte, und versenkte sie im See. Dort lösten sich die gemalten Karpfen von Papier und Seide und tummelten sich munter im Wasser. So erklärt es sich, weshalb seine Karpfenbilder nicht auf die Nachwelt gekommen sind.«
»Ich hab mal von Felchen geträumt«, sagte Gecko.

Aus Jírinas Zimmer war ihr Gesang zu hören. Sie probierte, wie sie das kleine Poem ihres Bruders Jan vertonen könnte. Schimmel spielte Gitarre. Jírina brach ab. Sprach viel zu laut.

»Laß uns Liebe machen, Uwe Schimowski.«

Eine letzte Birne fiel neben mir ins Gras.
Ich war immer dominant. Rose hatte damit in der Pubertät Probleme, die sie nicht lösen konnte. Der erste Zwilling ist immer dominant. Ich will das nicht mehr. Einfach machen lassen. Keine Widerworte.
Gecko und Rose kamen vom Schuppen zurück. Ich hörte Gecko sagen: »Meister, was würdest du sagen, wenn ich mit nichts zu dir käme?«
»Wirf es zu Boden.«
»Ich sagte, ich hätte nichts, was soll ich dann loslassen?«
»Gut, dann trage es weg.«

Manchmal, die Zigarette im Mund, denke ich, wenn ich nur schon aufgeraucht hätte, dann könnte ich mir endlich eine anzünden.
Gecko ging ans Gartentor, öffnete unseren Briefkasten. Kam wie gewohnt damit zu mir.
»Eine Einladung. Wir sind bei meinen alten Wirtsleuten eingeladen. Abendessen und Urlaubsdias, stell ich mir vor.«
»Wie kannst du jetzt an die Post denken, nach allem, was hier los war.«
»Ich brauch Ablenkung.«
Rose ging gerade ins Haus und war nicht mehr zu sehen.
»Ablenkung von was?«
»Ich muß mal zur Ruhe kommen.«

Er war nicht umzustimmen, er mußte hin, ich mußte mit.
»Ich werde Rose fragen, die mag vielleicht auch eine Ablenkung, wie du das nennst.«
Aber Rose malte und wollte nur malen.

Ich kannte die Leute nicht. Der Gastgeber rückte mir immer näher und die Gastgeberin hatte dauernd an Geckos Händen herumzustreicheln.
»Die werden doch nicht auf Partnertausch aus sein«, flüsterte ich Gecko zu. Da wurde er ganz zickig, ich habe ihn noch nie so zickig flüstern hören.
»Das ist Herzlichkeit, mehr ist das nicht.«
Sie waren darauf aus, ihre Dias zu zeigen. Sie waren Weltmeister im Verreisen. Je weniger wir mitreden konnten, umso schmackhafter machten sie das Ganze.
Das schmeckte nun wiederum Gecko nicht.
»Wieviel Strand kommt noch? Ich rieche eure fremden Länder einfach nicht.«
»Du bist ein Reisemuffel«, entschied der Gastgeber, »darum verstehst du nicht, wie amüsant Reisen sind.«
Was man nicht leiden könne, sagte Gecko, reize einen viel mehr als das Angenehme. Also erzähle nur der vom Reisen amüsant, der das Reisen nicht ausstehen könne.
»Alles bloß Redensarten.« Sie waren auf Hawaii und auf den Marquesas-Inseln, mitten im Pazifik.
»Marquesas! Auf euern Photos sieht das wie jeder andere Strand aus! Wozu fahrt ihr soweit weg!«
Ich versuchte zu vermitteln. »Du hast sogar schon mal von den Galápagos-Inseln geredet, die sind noch weiter weg!«
»Ja, schon, aber ich war wenigstens nicht dort!«

Ich war sehr zufrieden auf dem Heimweg. Streit törnt auch an. Ich erinnerte mich an einen Bekannten, der jedesmal ganz leuchtende Augen bekam, wenn er von einem Streit erzählte, Streit mit dem Chef, mit den Kollegen, Ehekrach.
»Das reinigt und erfrischt«, sagte er gern und strich sich über's fettige Haar.

Das war auch so ein Aufputschmittel: die Schadenfreude. In meiner Erinnerung waren die Haare gewiß viel fettiger als in Wirklichkeit.

Diesmal putschte es nicht auf, es verging schnell, und mit leerem Kopf lehnte ich wieder einmal am Türrahmen und betrachtete unser Bett und hatte wenn ich ehrlich bin gar nichts vor. Gecko duschte. Manche Leute müssen unbedingt duschen, und andere putzen sich dauernd die Zähne.

Ich dachte an meine Schaukel.

Ich ging ans Fenster. Drüben zuckten Lichter. Im Neubau gab es neuerdings eine Stakkato-Lichtorgel in einem Zimmer, »Snake Lights« und Spots weißlich, gräulich, schwärzlich gewitternd. Die Leute benützten das meistens freitags, ein oder zwei Stunden spätabends. Einmal kam der Mann danach schwitzend und nackt ans Fenster.

Das rote Lämpchen fürs Erotische war längst zu harmlos geworden. Im Radio sprach jemand gerade: »... Was Neues in sich fühlen ...« Es klang nicht neugierig und nicht gierig, eher höflich. Höflich wie die Katze wirkte, die, wenn sie längst pappsatt war, noch kurz und artig an einer Azalee im Blumenkasten roch.

Wie er mich umschlang, sagte ich zu Gecko, es fuhr mir einfach so heraus: »Ich hätte gern wieder eine Katze.«

Weil er schon in mir drin war, erschrak er fürchterlich. »Ein Kind?«

»Wo ist Schimmel?« Konstanze kam gegen elf am Vormittag in die Küche.

»Der ist unterwegs«, sagte Jírina. »Der repariert irgendwo einen Computer. Wird gut bezahlt.«

Verliebt sah Jírina nicht aus, aber zufrieden.

Konstanze setzte sich zu uns, schenkte sich Kaffee ein, schmierte sich Schrippen und aß keinen Bissen.

Sie frißt ihre Wut in sich hinein, dachte ich.

»Und wann haben wir wieder einen PC im Haus?«
Ich sagte, das sei ja wohl jetzt das am wenigsten Dringende. Konstanze zog die Luft ein, wie eine Gouvernante sah sie aus.
»Und wo ist Gecko?«
»Der zeigt Rose die Stadt oder sonstwas.« Ich hoffte, das verhinderte einen neuen Schub bei ihr.
»Gehn die jetzt alle zur Tagesordnung über?« Konstanze knallte ihr Messer auf den Holztisch.
»Und wir?« Jírina sagte es leise.
Drei Frauen am Tisch. »Wann kommen wir drei wieder zusamm'?« deklamierte ich.
Da schauten sie mich lange an.
»Wie meinst'n das?« Jírina verstand schließlich, beugte den Kopf vor, verschwörerisch. »Wir sollten uns rächen.«
Konstanze war bleich vor Wut.
»Das ist doch ins Knie gefickt«, schrie sie, und Jírina zog den Kopf wieder ein.
Konstanze frühstückte Zigaretten.
»Den letzten Rest Geld hab ich hier reingesteckt. Für die Katz'. Den Job verlier' ich. Was dann wird, weiß ich nicht, jedenfalls weniger Gehalt, erheblich weniger. Eure Männer haben zwar aufgeräumt, aber seitdem sieht man besser, was alles kaputt ist. Ich selber bin am Arsch. Ihr auch, wenn ihr's zugebt.«
Jírina sagte: »Ich hab ein Engagement in Aussicht.«
»Wie schön für dich«, sagte Konstanze, »hoffentlich mit einem besseren Gitarristen. Der ein paar Griffe mehr drauf hat.« Sie sah, wie Jírina einschrumpfte, tätschelte ihr wahrhaftig den Arm. »Ich hab doch nichts gegen deinen Quicki.«
»Nimm die Hand weg«, bat Jírina.
»Das Haus ist hellhörig, dafür kann ich nichts«, sagte Konstanze.
Schweigen im Walde. Bis Dora kam. »Ihr seid ja auch noch da. Habt ihr nichts vor?«

Setzte sich, hatte prächtigen Appetit, hatte nichts gehört, also fing ich nochmals von vorne an.
»Wir Hexen überlegen gerade, wie wir aus unserer beschissenen Situation herauskommen. Hast du Ideen dazu?«
Sie sprach mit vollen Backen. »Abfackeln. Einfach alles abfackeln.«
Letzten Silvester war sie bei Freunden. Mitten im Tanzen wurde es einer Frau schlecht, die ging vor die Tür und roch Feuer. Über der Dachstuhlwohnung kam Qualm aus Ritzen. Ein Feuerwehrmann sagte, nur eine Viertelstunde später und die Wohnung wäre futsch gewesen. Eine einzige Feuerwerksrakete hatte sich ins Dach verirrt. Eine einzige.
»Genial, was?« schloß Dora. »So machen wir es auch. Es können ja ruhig ein paar mehr sein. Hat jemand Einwände?«
Jírina stand der Mund offen.
Konstanze drückte eine Zigarette aus. »Und woher nimmst du die brennende Rakete?«
Ich hatte eigentlich keine Einwände. »Aber ist dir überhaupt klar, daß das unser Zuhause ist, was wir abbrennen wollen?«
»Gibt ja keine Alternative«, sagte Dora. »Wir kriegen das Haus nie mehr hin. Selbst wenn die Versicherungen zahlen.«
Jírina konnte wieder sprechen. »Und dann, was dann?«
Silvesterbrand, das könnte hinhauen. Zum Technischen war Zeit genug.
»Awa! Mir hättet des Haus sowieso net halte kenne.«
Jírina: »Jetzt werde nicht so schwäbisch, Olga.«
Konstanze stand auf. »Ich hab Termine. Ich weiß gar nicht, wofür ich das noch mache.«
Sie drückte mich schlichtweg an sich. »Gut, Hexenschwester. Knallerlei für Silvester kaufen, und dann heißer Abriß. Details arbeitet Schimmel aus. Schleunigst.«
Wir wollten jetzt alle blitzschnell weg vom Küchentisch. Jírina, beim Abräumen: »Details ausarbeiten? Schimmel? Womit denn?

Wenn kein PC mehr geht?«

Konstanze, schon in der Küchentür: »Er kann mir diktieren, ich hab Steno gelernt.«

Am Abend gab Konstanze das Ergebnis den Herren Mitbewohnern bekannt. Und weil die gar nicht dafür waren, schloß Konstanze barsch. »Wir haben entschieden. Und wir sind die Mehrheit.« Da gab es nichts mehr zu verhindern. Also verlegten sich die Männer aufs Zerreden. Schimmel hatte den Tonfall eines Obersachbearbeiters. »Ja, und dann? Das hat zahllose Folgen.«

»Wird sich finden«, knurrte Dora.

Und Konstanze zischte: »Jetzt laß doch die Einzelheiten, Schimmel.«

Jírina wurde träumerisch. »Wir feiern das neue Jahrtausend mit tausend Flammen.«

Da ging's los! »Eigentlich«, sagte Schimmel, »eigentlich ist das ja falsch. Das dritte Jahrtausend fängt erst am ersten Januar zweitausendundeins an.«

Gecko sekundierte mit emotionellem Dialekt. »Dô hôt er recht! Ein Jahr Null gibt's net, also endet's zweite Jahrtausend erst am einunddreißigsten Dezember zweitausend. So isch des.«

Jírina ließ sich leider einwickeln und debattierte mit. »Alle feiern heuer in der Silvesternacht das neue Jahrtausend.«

Konstanze versuchte abzublocken. »Das ist doch jetzt wurscht.«

Aber Schimmel blieb stur. »Die Null hat keinen Wert. Wenn du Äpfel schälst, sagst du auch nicht: Jetzt ist der nullte fertig, jetzt kommt der erste. Dann ist es nämlich schon der zweite, den du in der Hand hast.«

Dora wurde ganz präzise. »Jetzt redest du von Ordnungszahlen. Wir reden aber von Grundzahlen. Wie Uhrzeit, Temperaturgrade, Höhenangaben und so weiter. Wenn du minus ein Grad Celsius hast und zu plus ein Grad Celsius gehst, hast du zwei Grad Unterschied, nicht einen. Also ist die Null voll anerkannt.«

Schimmel fuchtelte mit den Armen: »Das ist doch was ganz anderes.«

Als Rose kam, war die Debatte voll im Gange. Rose schien nicht zu merken, daß die Sache auch sie anging. Sie malte auf der Tischdecke.

»Zünden wir nun das Haus an«, rief Dora, »oder verschieben wir es um ein Jahr?«

Gecko legte seine Hand auf Roses Hand. Vielleicht irritierte ihn ihr gemalter Fisch. Rose hörte auf zu malen.

»Wenn ich das mal erklären darf«, sprach Gecko. »Im sechsten Jahrhundert war die Null in Europa noch nicht als Zahl anerkannt. Inzwischen sind die Astronomen aber längst soweit, daß sie aus den Jahren eins, zwei, drei usw. vor Christus die Jahre null, minus eins, minus zwei usw. gemacht haben.«

Jetzt ging es Schlag auf Schlag.

Dora: »Du sagst doch zu deinem Daumen auch nicht Null.«

Jírina: »Wieso zum Daumen?«

Dora: »Ich zähle an den Händen ab, eins ist der Daumen.«

Schimmel: »Wenn ich zehn Mark Schulden habe, brauche ich zwanzig Mark, um zehn zu besitzen, verstehst du jetzt?«

Gecko: »In mathematisch korrekten Zeitrechnungen gibt es das Jahr Null längst. Also werden auch die Kalenderjahre auf das Jahr Null bezogen.«

Sie hatten sich längst verheddert.

»Wenn wir so weitermachen«, sagte ich, »brennt das Haus an Ostern ab.«

Dora nickte heftig. »Und dann merkt es jeder, wer's war.«

Schimmel mußte dringend ins Bett. Aber Jírina folgte nicht. Noch ein Problem mehr.

Rose besuchte mich spät am Abend, streckte lächelnd den Kopf ins Zimmer.

»Sollen wir zusammen baden?«

Die Schwester, die liebe.

»So wie früher?«

Sie schaute wie früher.

Knitz, hieß das. Dia hôt a knitzes G'sicht.
Und plötzlich ging mir im Kopf herum, daß sie nach Gecko riechen wird.
»Später«, sagte ich und bedauerte mich selbst.
»Später ist zu spät«, flötete Rose und weg war sie.

Gecko

Der schöne Nachmittag. Dunstig und verhangen. »Gecko, zeig mir Fahrrad fahren«, sagt Rose.
»Das kann doch jedes Kind.«
»Ich bin kein Kind mehr.«
»Das verlernt man nicht.«
»Wie Liebemachen«, sagt sie.
Wir schnappen die Fahrräder und fahren zum Bahnhof. Wir nehmen die Räder mit und fahren Regio. Umsteigen. S-Bahn. Alex. Wir radeln in die alte Kneipe *Zum Nußbaum* und essen märkische Mollenwurst mit Salzgurken.
Rose lacht, denn solche Kneipen hätten wir ja in den Dörfern genug. Aber mitten in Berlin ist das was ganz anderes, sage ich. Zwei Frauen schreiben Ansichtskarten, die gibt es hier von Pinselheinrich Zille. Sie haben die Postleitzahl der Verwandtschaft nicht im Kopf, die von Mundelsheim am Neckar. Ich sag sie ihnen: 74395. Sie wundern sich erst beim Hinausgehen. Am warmen Kachelofen sitzen. Durch Großmutters Gardinen auf die Nikolaikirche schauen. Gardinen und Kirche. Ich bin ein Ministrant und würde gern heimlich rauchen.

»Rose, magst du einen Michelangelo sehen?«
In der Kathedrale St. Hedwig, in einer kleinen Kapelle. Die Pietà. Ein schmiedeeisernes Tor hält den Besucher ab.
»Damit man nicht gleich sieht, daß die nicht echt ist,« sage ich.
»Trotzdem vorzüglich.«
Rose zieht mich zu einer anderen Kapelle. Die ist offen. Da darf man ganz nah ran gehen.
»Das ist was Anonymes«, sagt Rose. Sie hat das Schildchen gelesen.
»Eine Pietà, Holz, um 1400.«
Rose erklärt mir den Unterschied in der Haltung der Figuren. Bei Michelangelo schläft er nur, wohlig hingebettet an die Mutter.

Und sie schaut vor sich hin, als frage sie, sitz ich so richtig? 1400 hängt Jesus stocksteif und tot quer überm Schoß der Mutter. Und sie leidet, sie kann ihn gar nicht mehr aufrichten, gar nicht bequem herlegen.

»Das bin ich«, sagt Rose, »du gehörst zu Michelangelo.«

Sie zieht unvermittelt etwas aus der Umhängetasche. Einen Dietrich.

»Komm.«

Und öffnet eine Holztür mit ihrem Dietrich. In der Kammer dahinter kniet sie sofort auf die Fliesen, kniet vor mir, bis ich selig bin, dann legt sie mir segnend die Hand auf den Kopf und ich sinke und sie feuchtet sich mit Weihwasser an. Draußen der Blick zum Berliner Dom. Ein steinerner Luther. Sie sieht nun auch hin.

»Evangelisch komm ich nicht in Stimmung.«

Mit einemmal wird sie heiter. Im historischen Hafen auf dem alten Kahn *Deckshaus*. Sülze und Apfelschorle. Shanties von der CD. Die Wirtin hat einen wogenden Busen. »Komm aufs Klo«, sagt Rose, »andocken.«

Rose

Die Nähe zwischen uns, die würd ich gern elegant nennen.
Es ist nicht der Kuß beim Spazierengehen und nicht das Undsoweiter.
Die Nähe ist das Akkordeon. Das Knopfgriffakkordeon.
»Olga hat mir mal berichtet, daß sie Geige lernen mußte«, sagt Gecko.
»Beim Vater. Aber er zerbrach den Bogen auf ihrem Rücken.«
»Bei mir«, sagt Gecko, »war's die Mutter, die zuschlug.«
»Der Vater brachte von seinem Bruder ein Knopfgriffakkordeon mit. Olga faßte es nie an, nie.«
»Mutter sagte: Akkordeon ist, wenn man die Melodie erkennt. Ich mochte *An der schönen blauen Donau*, Wiener Fiakerlieder, Charakterstücke und Schlager. Ich war acht Jahre alt.«
»Ich hab' jeden Nachmittag geübt. Jeden Nachmittag«, sage ich. Mehr fällt mir nicht ein, aber er, er erzählt.
»Nach der Schule sind wir immer zur Donauversickerung«, sagt er. »Wir haben ausgezählt, wer Sioux und wer Apache ist. Mit Schritten ausgezählt, einen Schuh vor den andern, und wenn es knapp wird, den Fuß quergestellt. Schließlich noch die Schuhspitze dazwischengeklemmt. Die Apachen lagen vor der Donauversickerung. Die Sioux mußten vom Wald her angreifen. Ich wußte, ein Teil fließt in die Aach, dann in den Bodensee. Der Bodensee ist voll mit unserem Donauwasser. Ich sagte mir, am Ende kommt sie doch ins Schwarze Meer.«
»Ich hab' immer geübt. Ich wollte Jugendmeisterin werden.«
»Beim Kloster Beuron ist sie wieder versickert. Wir haben auf der Kirmes von Beuron gespielt, das Kinderorchester. Wir haben meinen ersten eigenen Walzer aufgeführt, ›Im Donautal‹. Einen Walzer, der immer dünner wird, wie bei Haydn, wo ein Musiker nach dem anderen zu spielen aufhört und weggeht, einfach geht.«

Jetzt schaut er, als sei er schon fertig mit dem Reden, ich schiebe mir seine Hände unter den Pullover. »Erzähl doch.«
»Auf der Heimfahrt hat man im Bus gesungen, *Schwarzbraun ist die Haselnuß*. Und die Landstraßen waren schrecklich dunkel. Und plötzlich stecken wir hinter Nenningen im Hochwasser. Die mutigsten Mädchen haben sich den Kopf eines Buben gegriffen und ihn an sich gedrückt.«
Er wartet wahrhaftig darauf, daß es wieder passiert, ich drücke ihn an mich, aber ich küsse ihn nicht. Ich sehe uns beide mit großen Akkordeons voreinander und stoße ihn weg. »Erzähl doch.«
»Die Sioux gewannen immer. Vom Wald her, vom Gebüsch. Ich war schuld. Ich sah nur die Kiesel, zwischen denen das Wasser versickerte. Nasse Kiesel und weiter hinten ganz trockene Kiesel.«
Wir lehnen uns an den Doppelstamm einer Buche, so können wir nach uns greifen, ohne daß ich die Akkordeons vor unseren Bäuchen sehe.
»Meine ersten Reisen. Mit dem Kinderorchester. Zum Tegernsee, zum Ammersee, in die Kurorte. Verregnete Landstraßen. Und dann der Geruch von Bier, Qualm, Schweinshaxe. Dirndlgeruch, zwischen den Brüsten steigt Geruch auf. Wo soll der sein, der Ammersee? Alles Regen und grau. Aber da steht er doch direkt vor dir, Bub, das ist doch alles Ammersee. Rein ins Potpourri.«
Da er mich verliebt anschaut, sage ich leise: »Ich war auch in einem Akkordeonorchester. Das ganze Kinderorchester in Samtjäckchen.«
»Wir hatten Bolerojäckchen, das kennst du nicht mehr. Bolero, das war dann bald ganz aus der Mode. Akkordeon, das ist fünfziger Jahre.«
»Ich hab' nicht so früh angefangen. Da war Armstrong auf dem Mond. Und wir spielten Akkordeon.«
»Am Sonntagvormittag war immer eine ganz besondere Stimmung«, erzählt Gecko, »da saß ich am ovalen Tisch in der

Stube, und die Türen waren auf, während ich spielte, Mutter und Schwestern haben gebügelt oder gestopft, und natürlich das Kochen war wichtig, fürs große Sonntagsessen, waren ja alle berufstätig in der Woche. Friedlich war das.«

»Auf dem Instrument hat schon dein Onkel gespielt, sagte Vater. Dein Onkel hat so schön gespielt, da war er noch klein. Ich mußte sonntags staubsaugen. Als ob der Onkel im Himmel wär. So schön gespielt.«

»Weihnachten«, erzählt Gecko, »gab's natürlich auch Akkordeonmusik, und da war's dann weniger beruhigend, weil nämlich alles in Hektik war. Da gab's erst mal Streit, wer den Baum schmückt und wann und was drauf kommt und schon wieder ist eine Kugel kaputt, natürlich die silberne, und die Weihnachtsgans darf nicht schwarz werden und die Plätzchen und alles auf einmal und Margarine ist alle oder Salz ist alle und man ist erschöpft in dem Moment, wo die Nachbarn schon singen, da geht es los und dann standen wir alle unterm Weihnachtsbaum und haben uns gegenseitig *Süßer die Glocken nie klingen* zugeschrien. Alles mit Akkordeonbegleitung.«

Er dreht sich um, knabbert mir zwischen den Beinen. Wie ein Kind. »Bad Wiessee, Bad Reichenhall. Im Sommer Walzerseligkeit, dann sofort wieder ein Marsch, wie aus schlechtem Gewissen.«

Er spricht jetzt in mich hinein. »Mein Lehrer war Arrak. Den kennst du nicht mehr. Arrak, der Assistent von Grock.«

»Grock kenn ich auch nicht.«

»Der Clown. Grock.«

»Sprich nicht so in mich rein«, sage ich, »komm zu mir hoch.« Aber er legt sich mir in die Achsel. »*Wenn es Nacht wird in Paris*», erzähle ich. »Solche Schlager haben mir gefallen. Und Opernarien.«

»Bei Omas Beerdigung durfte ich spielen«, berichtet er. »Der Pfarrer verbat sich aber Händels *Largo*.«

»*Blume von Hawaii* und *Bin nur ein Jonny*«, erinnere ich mich, und *Du sollst der Kaiser meiner Seele sein*. Ich hab' erst spät begriffen, daß eine Frau gemeint ist. Der Kaiser meiner Seele sein.«

»Bei Bunten Abenden haben wir gespielt«, erzählt er. »Conferenciers traten auf. Ich habe viel gelacht, als Kind. Da hocken zwanzig Kinder mit schweren Akkordeons und lachen. Witze, in denen die Olympiade sechsunddreißig vorkam oder Kohlenklau. Ich habe wenig begriffen. Dann unser Potpourri. Von Hermann Schittenhelm, neunzehnhundertachtunddreißig geschrieben. Und so klang's auch.«

Was einem alles wieder einfällt, ich singe die Titel: »*Aloha Oe. Komm in die Gondel. Roter Mohn. Von der Puszta will ich träumen. Am Bosporus. Der Postillon von Lonjumeau. Chanson triste.* Die ganze Welt steht mir offen, ich muß nur umblättern.«

Nur den einen Schenkel ein wenig zur Seite, drin ist Geckos Glied, ganz ruhig, tut nichts.

»Manchmal sind Zauberer aufgetreten«, sagt Gecko.

Und ich denke an den Mond. »Armstrong war auf dem Mond gelandet, danach erfand der Dirigent das Potpourri *Reise auf den Mond*, zuerst der *Astronautenmarsch*, und so ein schwebendes Stück, das uns die Schwerelosigkeit vermitteln sollte.«

»Das war was, Zauberer ...«

»Das Stück *Auf dem Mond* war ganz sparsam komponiert, man mußte sich eine karge Stimmung denken. Die Rückkehr zur Erde war dann eine Polka. Heimat sollte man dabei empfinden. Polka. Heimat war das Lieblingswort.«

»Einmal durften wir im Zirkus auftreten«, erzählt Gecko. »Das hat Arrak vermittelt. Das abgenudelte Largo, als Gag natürlich, und der Weißclown kippt einen Eimer Wasser über mich, ich war nicht fertig, der Balg war dann kaputt. Das Wasser. Ich war als Kind jähzornig, aber der Weißclown hat mir lachend den Arm ausgekugelt.«

»Hauptsächlich haben Buben Akkordeon gespielt. Wenig Mädchen. In Dirndln, zumindest im Orchester. Kräftige Mädchen, es gab keine zarten Spielerinnen, außer mir. Ich war dürr, sag ich dir, spindeldürr.«
»Ich war ein dickes Kind«, sagt er. »Das Kind hatte Angst vor Marika Rökk. Träume von tausend nackten Beinen und riesigen Mündern, lautlos offen im Traum.«
»Aber nicht nur spindeldürr«, sage ich, »sondern auch noch lesbisch, wirklich wahr.«
»*Der Wind hat mir ein Lied erzählt*, Zarah Leander«, sagt er leise. »*Nur nicht aus Liebe weinen*, lautlos offener Mund im Traum.«
»Ich hatte kein Interesse an den Buben, ich begehrte die dickligen, kräftigen Mädle, die ungern sentimental wurden, dann aber gnadenlos.«
»Die tiefe Stimme, mehr nicht. Nur die Stimme. Ich habe zum erstenmal einen Ständer gekriegt.«
»Das Ungarische mochten sie«, erzähle ich. »Csárdás. Den melancholischen ersten Teil, und dann kommt man ganz langsam ins Tempo, in Geschwindigkeit, ein Geruch steigt auf aus dem Balg und aus dem Leder, aus den Achselhöhlen, aus den Dirndln. Ganz langsam die Steigerung. Die Finger bremsen noch, da sind die Gesichter schon schweißnaß und beglückt. Das mochten sie, sie mochten es, wenn es lange dauerte, das Langsame, Melancholische noch im Ohr war, während man längst mit den Füßen stampfte und nervös war und die Riemen der Akkordeons schon stanken, ja wirklich.«
Jetzt legt er mich auf seine Achsel. »Und, hast du sie bekommen?«
»Manchmal.«
»Tausend Luftballons«, sagt Gecko, »auf denen die langen nackten Beine steppen. Alle Ballons platzen.«
»Die Buben«, sage ich, »die mochten keinen Csárdás. Das war ihnen unheimlich. Entweder langsam oder schnell, sie mußten

wissen, was es ist, das wurde dann zu Ende gebracht wie man es angefangen hatte.«

»Die Abendlieder«, sagt Gecko, »diese Lieder, bei denen man sich, lauter Terzen singend, in die Augen sehen mußte. Manches ist mir so zu Herzen gegangen.«

Ich ziehe Gecko vom Baum weg. Über einem kleinen See hängt Nebel. Gecko ist noch bei den Liedern. »Am Bett der kleinen Schwester, Schlaflieder spielen. Matthias Claudius gesungen. Langsam verstummt.«

Krähen tauchen aus dem Nebel auf.

»Die Mutter«, sagt Gecko, »die es sich für den Abend bequem macht, nebenan, die offene Tür. Wie die Mutter aus den Apparaturen hervorkommt, aus dem Hüfthalter, aus dem Korsett, aus dem Strapshalter, aus dem Büstenhalter. Wie die Mutter da hervorkommt und heraustritt und unförmig wird und anschwillt und wie sie ganz breit ist und erleichterte Laute von sich gibt.«

Eine Bank am See. Schweigend dasitzen. Bis es mir zu still wird. »Die Solistin«, erzähle ich, »die Kapellmeisterin, die Virtuosin, die wollte ich, das wär's gewesen. Die Virtuosin war unnahbar. Sie war einfach zu gut im Orchester. Ich hab' nie gesehen, welche Augenfarbe sie hat. Nur die Beine. Und die langen Haare im Rücken. Den Rücken hinab. Ich hab' immer viele Geschichten dazu erfunden. Rapunzel. Es wäre mir erlaubt, ihr einen langen schwarzen Zopf da aus den Haaren zu flechten, und dann würde sie mir den Zopf entgegenhalten zwischen ihren Fingern, und ich darf hinaufklettern.

»Altmodische Werte«, sagt Gecko. »Heimat. Mutter. *Wenn du Abschied nimmst von der Mutter. Wenn du zur Liebsten gehst.*«

Und ich sehe die Virtuosin vor mir, an die keiner ran kam und ein Mädchen schon gar nicht. Wie ich sie angefaßt hätte, so zart, so ausdauernd, wie sie endlich mir entgegenkäme und meine Lippen suchte und groß würde, zart und ausdauernd, und dann die Lippen öffnen, eine virtuos züngelnde Zunge umkreisen.

»Ich wollte dann virtuos werden«, erzähle ich, »doch das kam nicht aus dem Erleben heraus. Da kam nur Fingerfertigkeit zustande. Ich hatte immer Angst vor einem Patzer.«

Auch Geckos Gesicht wird hart, vor Erinnerung. »Das Kind disziplinieren. Hausaufgaben, der Druck, die Mutter kontrolliert, ob ich übe, nein, ob ich sinnvoll übe, zweckmäßig, ob ich in der richtigen Gesittung spiele, Haltung.«

»Die Virtuosin dreht sich um, weil ich verpatze. Nur ganz kurz dreht sie sich um, wie nach einer Fliege. Ich bin so aufgeregt, weil sie sich umdreht, nach mir umdreht, aber immer auf die Finger, sie kennt nur diese Finger, die patzen, die Finger.«

»Als Kind«, sagt Gecko, »kann man Erwachsene nicht einschätzen, danach habe ich mich gerichtet. Da fing was an, wie wenn man sich nach Prügeln sattweint. So nah, so fest.«

»Dann der Augenblick, die Virtuosin spricht mich an, im Waschraum war das. Vier Jahre älter. Ihr Konfirmationsring drückt. Sie muß ihr Solo bringen, und der Ring drückt. Kannst du mir die Hand einseifen? Und ihn dann abziehen. Ich wußte noch gar nicht, was Konfirmation ist. Ich hab' ihr die Hand eingeseift. Und dann hieß sie mich an jedem Abend den Ring abstreifen. Sah mir auf die Hand, auf ihren Finger, wie die Hand sich um ihren Finger schließt und an ihm entlang fährt. Ob ich auch denke, was sie denkt, sagt sie, und ich sei ein Ferkel.«

Der Nebel kommt näher, und Gecko schlägt den Jackenkragen hoch. »Ist dir auch kalt?« fragt er und steht auf.

»Du hast gar nicht zugehört«, sage ich.

»Doch«, sagt er, »mit halbem Ohr.« Und grinst und lächelt und lacht mich an und küßt mich wieder. Auf dem Nachhauseweg erzählt er, daß er zuviel an die Mutter denkt, an die Erziehung, an die Erziehung zum dressierten Akkordeonspieler. »Die Dramaturgie der Erziehung, wie die Stücke. Hauptthema, Durchführung und dann Stimmungswechsel, das Trio. Ich habe mich immer sehr darauf gefreut, auf den Stimmungswechsel. Erst das Strenge, Gegliederte, das, was sein muß und den Zweck erfüllt, bis man es endlich beherrscht. Und dann das Trio, fast immer fröhlich, zumindest erleichternd. Dann hieß es: Da capo al fine. Wenn man Glück hatte, gab's noch eine Überraschung, eine Coda. Ich habe mich gern daran gehalten. An diese Abläufe.«

»Als die Virtuosin wegzog«, erzähle ich weiter, »der Vater wurde irgendwas in München, hat sie mir Tangonoten geschenkt. Den Ring hatte sie nicht mehr. Ich glaub', der ging eigentlich ganz leicht vom Finger und wieder drauf. Wenn ich's recht bedenke. Ein Freund hat mit mir die Tangos geübt. Wenn ich überlege, meine ich, es waren bloß Salontangos, keine echten. Da war nichts von Südamerika.«

»Tango!« flüstert Gecko.

»Tango!« schreie ich und schnappe ihn mir.

»Tango! Tango!«

»Es gab mal«, japst Gecko, »einen mexikanischen alten Herrn, ein bißchen indianisch, auf Photos –«

»Und?« japse ich.

»Der hat den Tango komponiert *Granada*.«

»Ja«, japse ich, »das war was, Granada.«

»Die populärste spanische Hymne«, schreit Gecko. »Dabei war er nie im Leben aus Mexiko herausgekommen!«

»Ich kann mich erinnern, daß wir die Tangos doch sehr ruppig und zackig gespielt haben.« Ich reibe mir die Klitoris mit seinem Glied, bis er um Gnade bettelt, dann laß ich es in mich schlüpfen. Ja, ruppig, das wär jetzt das Richtige.

»Der Geruch, der unterm Balg ausströmt«, sagt er. »Der Gedanke, den Balg lüften. Das Verschwitzte. Das Leder. Das Akkordeon.« Schwarze Vögel in den Bäumen. Geruch von erstem Schnee in den Nasenlöchern. Schneegeruch im Schweiß. Ein letzter Gedanke ans Akkordeon: Man ist endlich gewöhnt, man schnürt sich ins

Instrument und existiert. Am Balg riechen. Nach einem Irrsinnslauf in den Riemen beißen. Eine tröstliche Fermate.

Gecko

Beim Nachhausekommen hörten wir aus Olgas Zimmer Musik. Edith Piaf sang das alte *L'Accordeoniste*. Und beim abendlichen Küchenhocken schaute Olga zwischen Rose und mir hin und her und sagte plötzlich: »Ich habe eine schwedische Legende gelesen. Da sind zwei Menschen zusammengewachsen und haben buchstäblich aus einem Mund gesprochen.«
»Warum sagst du das?« erkundigte sich Rose sanft.
»Ich hab' nachgedacht«, sagte Olga. »Über euch zwei Kerlchen.«
Rose sah mich an, als müßte ich jetzt etwas zitieren, und ich sagte prompt: »Mir kommt ein Bild aus einem Roman von Hildesheimer in den Sinn, »Tynset«. Da streichelt einer zwei Köpfe in einem Haus im Dorf Tynset, verwechselbare Schrumpfköpfe aus dem Kongo, wo sie die Zwillinge töten, schreibt er.«
Jírina und Schimmel kamen in die Küche, in einem Disput. Wie aus gegebenem Anlaß redeten sie über Toleranz. Rose stand auf, als seien ihr das jetzt zu viele Leute in der engen Küche. »Ich geh malen.«
Ich stand auf, weil sie aufstand. Wie ein Kavalier in alten Kinofilmen. Sie sagte mir leise ins Ohr: »Meine Karpfen bleiben gemalt. Denn anders ist die Liebe nicht denkbar. Nein, anders ist Liebe nicht denkbar.« Und flüsterte: »Dein Karpfenmund. Festgesaugt. Weitaufgerissener Mund. Als schreie er in meinen Mund hinein.«
Kaum war sie draußen, fuhr ich Olga an. Schließlich habe sie doch befohlen, ich solle mich um ihre Schwester kümmern.
Ich setzte mich nicht mehr, ich ging hinaus in den Garten. Es schneite unvermutet. Ich sah zu Roses Fenster hinauf. Da stand sie und sah herab. Wenig später kam sie aus dem Haus und trug einen Mantel.
»Am Seeufer steht ein verlassenes Haus, Nummer elf. Am kaputten Portal hat einer mit Kreide geschrieben: Ich bin in Tirol.«

»Es ist dunkel.«
»Ich hab die Taschenlampe mit.«

»Der Schnee knirscht«, sagte ich. Und trat fest auf.
Wir gingen nah am Röhricht.
Schnee knirscht. »Der Schnee knirscht und das Herz bummert«, sagte ich noch.
Rose antwortete und sah mir fest in die Augen. »Ich spüre den nächsten Schub. Manchmal kann ich ihn selbst herbeiführen. Das ist auch eine Fähigkeit, sich derart fallen lassen.«
Ich verstand erst nicht, wovon sie sprach, ich erzählte ihr eine Szene aus einem alten Film, der in Paris spielt. »Wenn Lino Ventura und Jean Gabin als die alternden Gauner dasitzen und warten, dann warten die nicht.«
»Das wäre auch Zeitverschwendung«, sagte Rose.
»Nein«, sagte ich. »Die sind so anwesend, die sind so da, das passiert einfach genau so, wie nachher das passiert, was passieren soll.«
»Ach so.« Sie war nicht bei der Sache.
»Hab ich mich schlecht ausgedrückt?«
»Ja.«
»Natürlich warten die auch, aber so eine Art zu warten, das kennen wir gar nicht, das haben wir doch längst vergessen. Wir: Die Aufgeregtheit Wartender, diese schiere Wut.«
Da stand das leere Haus Nummer elf. Rose zeigte mir die Kreideschrift. *Ich bin in Tirol.*
Ich sagte: »Warten scheint in Wirklichkeit ein vergessenes Wort zu sein. Wir benutzen vermutlich längst einen Ersatz.«
Sie nahm mich in die Arme. »Wie war das, als du gestern während des Essens vom Stuhl gekippt bist und ohnmächtig warst?«
Eine Frage ganz ohne Vorbereitung.
»Ich war im Stress«, sagte ich, »und nervös, ich denke nur noch an Silvester und so, zuviel geraucht und gesoffen hab ich, weiß ich ja.«

Sie ließ mich los.

»Keine Sorge«, sagte ich noch, »heute passiert mir das nicht, bei dem bißchen Omelett.«

Kalbshaxe hatten wir gehabt.

Rose hatte ein Stück Kreide mit und malte hinter *Tirol* einen Fisch. »Wie es war, will ich wissen, was du gefühlt hast. Hast du überhaupt etwas mitgekriegt?«

»Ich schweb dann immer ein paar Zentimeter über mir«, sagte ich. »Aber es kommt ja nicht oft vor.«

Sie legte die Kreide weg und umarmte mich wieder. »Dieses Gefühl«, sagte sie, »daß man über sich kreist, daß man auf sich hinab schaut, dieses Betrachten, ich denke, das ist einer der wenigen Augenblicke, in denen wir überaus geduldig sind. Bei uns verweilen. Ohne Anspannung, ohne Anteilnahme gewiß, aber auch ohne Gleichgültigkeit.«

»Wenn ich dich recht verstehe, scheint man in dieser kurzen Zeit äußerlich etwas zu versäumen, doch innen schenkt man sich gerade was, ja?«

»Das Verweilen.«

»Ach«, sagte ich vor ihrem Kuß, »das ist das wirkliche Warten.«

»Laß uns da rein gehen«, sagte sie, holte den Dietrich aus der Jacke, schloß auf, und ich hielt die Taschenlampe. Das Haus war schon recht verfallen.

»Das sieht wirklich noch schlimmer aus als unseres«, sagte Rose.

Wir stiegen bis zum Dach hoch. Draußen fing es an zu schneien und ich dachte, ob Roses Schub wirklich käme.

»Woran denkst du?« fragte ich, was ich ums Verrecken nie frage.

»An Meer, an Hitze«, sagte sie. »An den Schub, der kommen wird, da wäre ich gern in einem warmen Land.« Und lächelnd fragte auch sie: »Und woran denkst du?«

»Als Kind war ich Ministrant. Kaum roch ich Weihrauch, da schwitzte ich Gehorsam in die Hose. Das Herz war weit weg und schwamm in die See hinaus.«
Ich sang es ihr vor, so warm wie ich konnte.

>*»Als Ministrant morgens um fünf*
auf dem Weg zum Dienst
in der Messe
im Schnee
Akkordeonlieder
singen die Schuhe
durchweicht und ich wär'
und ich wär' so gern ein Mohr in Afrika.«

Auf dem Dachboden gab es ein kaputtes Sofa für uns.

»Manchmal«, sagte Rose, »bin ich eine reiche Frau in Argentinien. Das kam so: Auf der Schwäbischen Alb hatte ich einen Lieblingsplatz auf einem Felsen. Da saß ich oft und wollte weg vom Dorf, und stellte mir vor, es wäre ein Dorf in der Pampa, und ich würde in die Hauptstadt ziehen, ans Meer, ans warme Meer.«
»Und du schreibst den daheimgebliebenen Dorftrotteln einen Abschiedsbrief«, sagte ich. »Geliebte, teure Familie, meine treuen Freunde, in der Art.«
»Ja«, sagte sie, »ich verlasse dieses Kaff Corrientes und gehe zurück nach Buenos Aires.«
»Und dann?«
Sie schnippte mit den Fingern und sah vornehm aus. »Ich kann ohne Meer und einen Hauch Europa nicht leben.«
»Tango«, sang ich und beugte mich aus dem kaputten Fenster, fegte Schnee vom Fenstersims. Und dann mußte ich Rose unbedingt erklären, daß der Tango aus dem Ländler entstanden ist.

Doch das wußte sie schon.

»Ländler, Dreher, Schwenker, Schuhplattler, Bärentanz und Fischtanz«, sang sie.

»Tango«, sang ich.

Da sind zwei Menschen zusammengewachsen und haben buchstäblich aus einem Mund gesprochen.

»Buenos Aires«, sagte Rose.

»Du schnallst das Instrument um, diesen Kasten«, sagte ich.

»Du öffnest die Schnallen des Akkordeons.«

»Die Nacht: Du löst ihr die Haare. Deiner Virtuosin.«

»Mit gelösten Haaren, dreht mir den Rücken zu.«

»Du im Geschirr des Instruments, du spielst euch auf.«

»Nein, dir, dem Gecko an meinem Hals, als wollte er sich festsaugen.«

»Sie würde lachen.«

»Sie lacht?«

»Natürlich lacht sie über mich.«

»Wieso lacht sie?«

»Über das Akkordeon, wenn ich spiele.«

»Sie hat nicht über mich zu lachen.«

»Über *mich*. Sie lacht.«

»Wenn ich Akkordeon spiele.«

Sie stieß mir den Kopf weg, schon hatte sie die Hände an meinem Hals.

»Über mich!« röchelte ich.

»Lacht über mich?«

»Über mich. Sie lacht.« Ich zog an ihren Fingern und zog und bog und ich wußte, ihr Schub ist da.

»Das hört auf, über mich zu lachen.«

Sie schlug auf mich ein und nahm schließlich die Hände weg.

»Du blutest aus der Nase«, sagte sie und saugte das Blut weg.

Und sanft erzählte sie mir von den Träumen. Und ich hörte in diesem Moment ein Gewitter im tropischen Regenwald, wie eine

Myriade Moskitos. Ich sah eine weite Ebene, aber Rose sagte, die sei in ihrem Kopf.
Und wuchsen und wuchsen zusammen und sprachen aus demselben Mund.
»Tausend Büffel«, sagte ich.
»Karakorum.«
»Ein Vulkanausbruch. Geysire auf Island.«
»Eine Landbrücke über die Behringsee. Die Weltesche.«
»Werner Herzog und seine Sklaven zerren das Schiff über den Berggipfel.«
»Ein Satz von Peter Handke, ausgelöst von Hornissen. Er bleibt als Asche auf der Haut.«
»Van Goghs eingerissenes Ohr. Der Ritt über den Bodensee.«
Ich war der Mund nicht mehr, sie sprach allein und in großer Einsamkeit.
»Plötzlich riß das Band der Geburt –
des Lichtes Fessel –
die Gegend hob sich sacht empor –
zur Staubwolke wurde der Hügel –
Wenn friedlich du vor seinem Anschaun wieder in goldener Wolke wandelst –
nein, ihr Geliebten! nein, ich beneid euch nicht –
Als nun die dämmernde Frühe mit Rosenfingern erwachte –
vor der hohen Pforte des schöngebauten Palastes, weiß und glänzend wie Öl –
Das sagt, der die sieben Geister Gottes hat und die sieben Sterne: Ich weiß deine Werke; denn du hast den Namen, daß du lebest, und bist tot.«

»Du siehst so müde aus«, sagte ich. »Müde, nein krank. Krank.«
Sie nickte. Sie sprach ganz flach.
»Wie sieht einer die Welt,
da er auf sie schielt,

wenn nicht wie ein Einäugiger?
Wie darf sich das denn anhören,
der Tumor im Hirn?
Wie muß die Erde des Cañon Diablo klingen
seit dem Einschlag des Meteoriten?
Wie darf sich das anhören, der Tumor im Hirn?«
Sie weinte. Sie trat ans Fenster, sie schaute hinaus und sagte in die Nacht: »Von allen Immigranten schlotterte er am meisten.«
»Was meinst du?« fragte ich zärtlich. »Ich würde mitkommen in dein Argentinien.«
Sie wandte sich zu mir um. »Ich wäre schon dort und würde auf dich warten. In einem Straßencafé würden wir uns ansprechen. Du suchst einen Job. Ein Immigrant aus Europa.«
»Und ich schlottere?«
»Du würdest peinlich aussehen, und ich würde dich mit den Fingern herschnippen und dir gestatten, mich nach Hause zu begleiten. Ja, anders könnte es nicht gewesen sein. Du würdest mich lieben, und zur Strafe dürftest du weinen.«
Sie schaute wieder zum Fenster hinaus. Ich sagte: »Ich hab immer gern Simenon gelesen.«
»Wie kommst du jetzt darauf?«
»Mit dir fliehen, das wär's. Und bei Simenon hab ich gelesen: Es war einer dieser krausen, kühnen Einfälle, wie sie einem manchmal im Halbschlaf kommen, oder in einem Zustand starker Erschöpfung, und die man dann am nächsten Morgen als Hirngespinst abtut.«
»Hast du ein Taschentuch?« fragte sie. »Du hast doch immer Taschentücher.«
»Wir werden ins Konzert gehen«, sagte ich. »Grace Jones tritt auf in Buenos Aires. Wir haben gewartet, sie war in Europa, wo sonst. Die mit der Brikettfrisur, die Schwarze aus der Karibik, die mit den hohen Brüsten, die mit dem Männerarsch, die mit dem Knopfgriffakkordeon.«

»Grace Jones hört kein Mensch mehr«, sagte Rose. »Wir müssen
gehen, es wird finster.«
Aber wir liebten uns stattdessen im Dunkeln.
Ich war stockstumm, denn Rose redete, die ganze Zeit redete sie
unter den Stößen.
Die Kitumhöhlen am Berg Elgon.
Ein erloschener Vulkan. Ostafrika.
Alle Vegetarier müssen
sich ihr Salz suchen.
Ohne Salz bildet sich kein Blut.
Dort gibt es weder Salzpfannen noch Gemüse.
Die Elefanten leben
dennoch am Berg Elgon.
Sie besteigen den Berg
und sie finden Salz in den Höhlen.
Indem sie nach Salz graben
bauen sie die Höhlen
und sie bauen sie immer tiefer
die Höhlen am Berg Elgon
Kitum ist jetzt
hundertsechzig Meter tief im Berg
Diese Wand abschlecken das wär's gewesen
Ich schlecke die Wand ab und sage
Das war ein gutes Leben

Der Achtmillimeterfilm
den ich aus Corrientes mitbrachte
gedreht in Bahia Brasil
der Tanz der afrikanischen Sklaven
in Bahia Brasil
Tarnung eines Kampfsports
die Sklaven ohne Waffen
ein Einziger war fähig

ein Dutzend weißer
Pistoleros zu erledigen
mit den Händen mit den Füßen
mit der Tarnung Tanz
mit dem Tanz mit dem man tötet seit jeher
etwas will daß wir tanzen
Afrika vor zwanzigtausend Elefantenjahren

Der Rückzug. Wie morsch die Treppe schon war.
Ich fühlte mich ausgelaugt und wischte mir Augen und Nase.
»Hierher kommt kein Maler mehr«, sagte Rose.
»Alles abgeblättert.«
Ich sah ihr zu, wie sie Kringel machte, mit der Taschenlampe.
»Über einen Rahmen hinaus pinseln«, sagte ich, »wenigstens einmal, mitten in die Seidentapete. Das Personal reinigt die Wand auf der Stelle.«
Aber da waren wir schon im Keller.
»Ich habe keine Seidentapeten, ich bevorzuge Gobelins aus Frankreich«, sagte Rose.

»Und einen schlotternden Immigranten«, erinnerte ich sie.
»Wir stehen im Duett«, sagte Rose, »schweigen uns an. Wenn ich sprechen könnte, würde ich dem Mädchen klingeln. Bringen Sie das Köfferchen dieses Flüchtlings vor die Tür und rufen Sie ihm meinetwegen ein Taxi.«
»Und wie vertreiben wir uns die Zeit, bis es kommt?«
»Wenn es noch Kohlen gibt, werfe ich dich auf den Kohlenhaufen, Gesicht in die Kohlen, ein Mohr in Afrika.«
Aber es gab nur Säcke voll Holz. Und Rose setzte sich, als werde es nun gemütlich.
»Ich hasse meinen Vater«, sagte sie unvermittelt.
»Vater mit seiner Geige aus der Schulzeit. Wenn ich Akkordeon spielte, packte er manchmal die Geige aus, stand breitbeinig im

Raum, Geige, Bogen und Arme beschrieben große Gesten. Ich ganz geduckt, eingeklemmt, ein Holzklotz mit Akkordeon. Da geh ich von D nach Dis oder Ges, daß er seine Geige wieder einpacken muß.«

»Kaiser meiner Seele sein.« Ich merkte, daß ich Spinnweb im Gesicht hatte. Und daß ich so glücklich war – ich hätte fast gegähnt.

»In Berlin«, erzählte ich, »kann man unmöglich ein Akkordeon aus dem Kasten hervorholen, da ist man untendurch. Auf der Schwäbischen Alb war das Spielen normal.«

»Das stimmt nicht«, widersprach Rose. »In Berlin sitzen sie in jedem U-Bahn-Eingang, auf der Friedrichsbrücke hinterm Dom sitzen sie, sie ziehen durch Kneipen.«

»Russen, Polen, Ukrainer. Keine Berliner, niemals.« Ich mußte lachen. »Ich hatte mal eine Freundin, die fand meinen Akkordeonkasten unterm Bett. Sie war in einem anthroposophischen Singkreis. »Klingende Brücke«. Die sangen uralte Volkslieder aus Ländern, von denen ich nie gehört hatte. Die haben im Baskenland einen Volksauflauf verursacht, weil sie baskische Lieder sangen, wer kann schon baskisch! Da weinten alte Leute, weil die eigenen Enkel die Lieder nicht mehr verstanden. »Singende Brücke«. Volkslieder in samisch oder kirgisisch. Ein Ethnologe grub so etwas aus. Ich war verliebt in diese klingende Frau. Die sang sogar im Bett vor. Dann ging ich für eine Zeit nach Paris. Eine Frau, die hatte einen Bruder, ob's der Bruder war, das wollte ich gar nicht so genau wissen, der engagierte mich als Begleitung. Musettemusik in Kneipen. *L'accordéon espiègle, A la Dérive, Au cœur de la valse, En amateur, Amertume.* Da gehören Musik und Instrument zusammen, das kann man nur mit diesem Instrument spielen. Musette ist ein Traum: Eine wunderschöne Frau mit Akkordeon. Musette ist der Himmel, wenn man dort unten in den Fischhallen Kisten schleppt und nach Flunder stinkt.«

Sie saß ganz nah neben mir und ich hätte sie im Arm halten müssen. Aber ich merkte nicht, wie es um sie stand, und sie erzählte etwas, immer noch in der vornehmen Rolle.
»Wenn ich Ihnen, mein Freund, einen Fisch angle, gibt es den Fisch und mich gar nicht, wir existieren nicht, bis Sie den Mund aufmachen, mein Freund, und sagen: »Vorzüglich, ich hab' da einen vorzüglichen Fisch gegessen, ich glaube, der Angler versteht was von seinem Handwerk« – dann beginnen wir zu existieren, mein Fisch und ich. So ist das nun mal.«
»Du bist kreidebleich!«
Da war sie schon bewußtlos.

Rose

Einmal kam ich kurz zu mir, da lag ich in meinem Bett und sah mich über mir, aber es muß Olga gewesen sein, sie hatte ganz enge Brauen. Ich versuchte es nachzumachen.
Ich träumte dann viel.
Gecko lag zwischen Olga und mir und sagte: »Wer verträgt schon Ähnlichkeit.«
»Du liegst so schön«, sagte ich zu ihm beim Einschlafen, »wenn du dich nicht rührst.«
»Wenn man Glück hatte«, flüsterte er, »gab's noch eine Überraschung, eine Coda. Ich hab' mich gern daran gehalten, an diese Abläufe.«
Sie machten es miteinander, ganz sanft, glaubten, mich nicht zu wecken. Er horchte nach mir. Er hört mich über die Llanos reiten, die Herde treiben.
Er hielt meine Hand in der seinen, er saß auf dem Bettrand. Er fragte: »Was sind Meringen? Du hast im Traum gesprochen: Dein Gesicht ist schon so zerbrechlich wie frischgebackene Meringen.«
»Ich habe viel vom Essen geträumt«, log ich. »Im spitzen Ausschnitt trug ich eine *Marghuerita*. Ein Herr roch daran, ein Ritual. Die Pockennarben in seinem Gesicht füllten sich mit Schweiß. Dann ein Spaziergang zu dritt, du warst auf den Herrn eifersüchtig. Auf der Fensterscheibe des Delikatessenladens stand in Kreide: Gefrorene Kaldaunen und andere Köstlichkeiten vorrätig. Das Wort Huflattich ging mir durchs Gemüt. Ich sah uns eine Schafherde über die Alb hin weiden. Kaldaunen, das ist nur das Gekröse frisch geschlachteter Tiere. Vieh. Meringen, das ist Schaumgebäck aus Zucker und Eiweiß.«
»Es klang so gut. Meringen.«
»Meringe und Meringel.«
Kaum war Gecko weg, kam Olga ans Bett.

»Möchtest du was lesen? Ich hab ein Buch, da erwischt die Frau ihren Mann mit irgendeiner kleinen Nutte und jagt ihn nackt aus dem Fenster, im siebten Stock, das wäre nicht weiter schlimm, aber während er stürzt, schießt sie ihm auch noch in den Kopf.«
»Ist ja gut gemeint, Olga, aber ich bin zu schwach zum Streiten.«
Sie küßte mich. »Spaß beiseite, soll ich dir was zu malen bringen?«
»Ich male nicht mehr, ich schreibe Sachen auf. In eine richtig verstaubte, zerfledderte Schmuddelkladde.«
»Tagebuch?«
»Um Himmelswillen nein.«
Ich verscheuchte sie, ich mußte schlafen und ich mußte ein Gespräch zuende führen in Buenos Aires.
Über einen gut abgehangenen Fisch.
Über mein Knopfgriffakkordeon. Die hohen Töne sind unten, die tiefen sind oben.
Das vertikale Instrument. Ein klarer Rahmen, eine Vorlage.
Schablonen sind eine geniale Erfindung.
Die vorgefertigten Akkorde auf der linken Seite,
Dur, Moll, Septime, verminderte Septime.
Akkordeon ist die Mittellage.
Das andere dagegen: die tiefen Töne im Klavier,
die noch leben, wenn du die Finger längst wegnahmst.
Klavierspielen, das war mir nicht vergönnt. Arme Rose.
Gedanken haben eine Technik im Äußersten, das wird Sprung in der Schüssel genannt.
Ich werde ganz vergessen sein. Man wird mir vielleicht eine Katze hinterlassen.
Die geht jetzt Vögel beschauen im Patio, das fördert die Verdauung.

Gecko

Den ganzen Tag schon knallte es in den Straßen. Am Abend verstärkte sich der Krach, als feierten die Leute Neujahr zum Abendessen.

»Sie feiern sowieso zu früh«, sagte ich zu Olga, »die Medien haben einfach entschieden, daß das neue Jahrtausend jetzt anfängt.«

»Hast du Rose gesehen?« wollte Olga von mir wissen.

»Sie ist spazieren«, erwiderte ich.

»Allein? Spinnst du? Du läßt sie allein fort?«

Rose war seit Stunden verschwunden.

Olga war wütend auf mich.

»Ich weiß nicht, wo Rose ist«, sagte ich ein ums andere Mal.

Olga fand einen Zettel vor Roses Zimmer, kam und zeigte ihn mir. Darauf stand: Geh mit mir in den Süden, wenn das hier vorbei ist.

»Von wem spricht sie?« Ich war verwirrt. »Wen meint sie damit, dich oder mich?«

»Wir haben gestritten«, sagte Olga.

Ich rannte in Roses Zimmer. Auf der Frisierkiste lag ein anderer Zettel. Meine Liebenden bleiben gemalt. Anders ist Liebe nicht von Dauer.

In der Küche saßen die anderen.

»Ich habe alles fertig. Auf dem Dachboden. Im Garten«, sagte Schimmel. »Fenster könnt ihr ruhig schließen, das Zeug hat Wucht genug.«

Alle erzählten.

Was sie danach machen wollen. Wenn die Pyrotechnik klappt.

Ein Neuanfang, ein neues Leben.

Alle lachten.

Schimmel: »Da bleibt nichts übrig.«

»Wie ein Kartenhaus«, sagte Dora.

Sie beratschlagten, was sie als ihr Wichtigstes retten würden.
Spät am Abend tauchte Rose wieder auf, Olga redete auf sie ein, sie verschwanden in Olgas Zimmer.
Sie redeten sehr laut, und auf einmal übertönten sie das laute Gespräch mit Vivaldi. Ich wartete, daß sie wieder heraus kämen, aber nach einer halben Stunde gab ich es auf.
Olga hatte rotverweinte Augen, als sie wieder in die Küche kam.
»Soll ich nach ihr schauen?« flüsterte ich.
»Herrgott nein«, antwortete Olga laut. »Was sie braucht, sind ihre Tabletten. Aber sie nimmt sie ja nicht, wenn ich nicht hinterher bin.«
»Wo bleibt ihr denn?« rief Schimmel, diesmal vom Dachstock herunter.
Acht Minuten nach Mitternacht brannte das Haus, fraß sich das Feuer durch den Dachboden herab.
Da standen wir schon auf der Straße. »Wo sind die anderen?« rief Konstanze.
Jetzt fehlten die Zwillinge, beide.
Ich lief ins Haus zurück.
Die Gestalt auf dem Badezimmerboden war tot. Leblos im roten Kleid. Schimmel rief vom Hauseingang her. Ich schrie hinunter, er solle gefälligst helfen. Da krachte schon ein Stück Treppe und Schimmel zog mich hinunter. »Sie ist tot!« schrie ich, »wir können sie doch nicht liegen lassen!« Schimmel ließ mich nicht los, zog mich nach draußen. »Nach oben kannst du nicht mehr«, schrie er.
Die Treppe stürzte ein. Ein Brett traf Schimmel am Kopf.

Es dauerte, aber dann kam die Feuerwehr. Nachbarn standen herum. Polizei fuhr vor.
»Sie ist tot. Olga ist tot.«
Jírina krallte sich an mich, nah einer Hysterie. »Tot?«
Ein Sanitäter wickelte Schimmels Kopf rundum ein.

»Woher willst du das wissen«, stöhnte Schimmel, »daß es Olga ist und nicht Rose?«
»Die Tote hat die Brauen ganz eng zusammen. Das macht nur Olga.«
Jírina weinte. »Und wo ist Rose?«
Da sahen wir sie: Rose ging mit zwei Polizistinnen zu einem Dienstfahrzeug und schaute sich nicht um.

Es war schon heller Tag, als wir von den Vernehmungen kamen. Doras Freund und ein Kumpel fuhren uns in ein renoviertes Bauernhaus. Der Kumpel konnte gar nicht aufhören, zu berichten, wie schön alles geworden sei und mit wieviel Arbeit und Liebe. Rose und ich saßen bei Dora und ihrem Olaf im Wagen.
»So hatte ich mir das aber nicht vorgestellt«, sagte Dora ganz leise.
Dann saßen wir wieder in einer Küche. Rose zog ihr Jackett aus und ein Ausweis fiel heraus.
»Komisch, Rose, du hast als einzige den Personalausweis gerettet. Wer denkt schon an so'n Ausweis.«
Ich hob ihn auf und wollte ihn Rose reichen, doch sie reagierte nicht, sie legte mir den Arm um den Nacken. Ich schaute sie nicht an, ich fragte nur, wie es ihr gehe, wie sie sich fühle.
»Ich bin nicht Rose«, flüsterte sie. »Ich liebe dich.«